EL ASESINATO

CONDOMINIO 50+ LIBRO 1

JANIE OWENS

Traducido por

ANABELLA IBARROLA

Publicado en 2021 por Next Chapter

Arte de la portada por CoverMint

Textura de la contratapa por David M. Schrader, utilizada bajo licencia de Shutterstock.com

Este libro es un trabajo de ficción. Los nombres, personajes, lugares e incidentes son producto de la imaginación del autor o se usan de manera ficticia. Cualquier parecido con eventos reales, locales o personas, vivas o muertas, es pura coincidencia.

UNO

LOS TACONES de Ruby Moskowitz repiquetearon sobre el cemento que rodeaba la piscina del condominio, sacando a todos de su siesta al sol. Varias personas levantaron la cabeza de sus tumbonas para ver quién hacía todo ese ruido. Ruby tenía más de noventa años y estaba ataviada con un traje de baño de color aguamarina y tacones a juego. Un sombrero de sol flexible con una cinta de color aguamarina en la coronilla rebotaba sobre su cabello rojo brillante.

"Te estás quemando, hijito", le dijo Ruby a un hombre tumbado boca abajo en una tumbona. "Tu espalda está tan roja como la mermelada de fresa que solía hacer".

El hombre giró la cabeza hacia un lado y vio quién hablaba. "Dios mío", murmuró, con la boca apretada, "¿cuántos años tiene esta tipa?"

Ruby hizo una pose y sonrió con los labios untados de carmín. Todas las articulaciones puntiagudas saltaban bruscamente hacia el joven mientras ella giraba para obtener su aprobación. Nadie quería ver lo que estaba mostrando. Giró la cabeza en dirección contraria para evitar la conversación.

Sin inmutarse, Ruby se alejó balanceando su delgadez para que todos la vieran. Su piel excesivamente bronceada caía como papel crepé sobre sus huesos, contoneándose como un cachorro bajo una manta mientras se contoneaba para encontrar su propia tumbona.

"Hola, Ruby, ven a sentarte a mi lado". Rachel Barnes se levantó de su tumbona para enderezar el cojín en la que estaba libre a su lado.

"Gracias, cariño". Ruby se sentó, luego balanceó sus escuálidas piernas sobre la tumbona y se recostó para disfrutar del sol de Florida. "Estamos en el cielo, ya sabes".

"Sí, Ruby, ciertamente lo estamos".

Rachel estaba acostumbrada a la impresión exagerada que Ruby tenía de sí misma. Era una de las primeras personas con las que Rachel había conectado, con sus idiosincrasias y todo, cuando ella y su marido Joe se habían mudado a los condominios Breezeway seis meses antes.

Breezeway era un condominio de gran altura diseñado para personas de más de cincuenta años, situado en la hermosa costa de Daytona Beach. Todas las mañanas, Rachel se despertaba con el sonido de las olas del mar rompiendo en la arena. Con una taza de café en una mano y un periódico en la otra, se sentaba a diario en su balcón y suspiraba de placer. Sí, esto era realmente el cielo.

La pareja había decidido retirarse a la playa en lugar de permanecer en su casa de cuatro dormitorios, ya que su único hijo estaba ocupado con su propia vida y vivía en otro lugar. Habían decidido que dos personas de cincuenta años no necesitaban una casa grande, por lo que un condominio había sido la opción perfecta.

"¿Te estás tomando un tiempo libre del trabajo?" preguntó Ruby.

Se refería al puesto de gestión del condominio que le

habían ofrecido a Rachel poco después de mudarse al espacioso apartamento que ocupaban ella y Joe. Su marido había sido contratista de obras y fontanero, por lo que los propietarios del condominio lo habían contratado como encargado de mantenimiento. Le gustaba estar ocupado, así que en aquel momento le pareció una buena idea. Sin embargo, rara vez tenía un día libre con todos los problemas de mantenimiento que surgían habitualmente.

"Es mi día libre, Ruby".

"¿Tu maridito también está fuera?"

"No, está trabajando en el baño de Loretta en este momento".

Ruby lanzó una mirada incrédula a Rachel. "¿Le dejas trabajar en el apartamento de Loretta? Yo no lo haría. A ningún marido mío, y he tenido unos cuantos, se le permitiría poner un pie en su casa".

"Loretta era una detective de alto perfil, Ruby, no una criminal, en su día", dijo Rachel. "Joe está perfectamente seguro cerca de ella".

"Yo no estaría tan segura. Puede que haya adquirido algunas arrugas y se haya dejado el cabello gris, pero sigue siendo Loretta Keyes, la famosa detective de Nevada".

"Esos días ya pasaron, Ruby. Ahora lleva una vida muy tranquila, muy discreta". Rachel sonrió para sí misma. Se preguntaba si Ruby estaba celosa o simplemente era intratable.

"Bueno, tú sólo vigila a tu marido, asegúrate de que no esté por ahí arriba".

¿Joe pasando tiempo con Loretta? Rachel no esperaba que eso fuera un problema. Joe no era precisamente un tipo atractivo. Llevaba un poco de redondez en la cintura y era prácticamente calvo, aunque él mismo se etiquetó como de cabello ralo. En realidad, era un poco más que eso. Casi se podía leer el periódico por el brillo de su cabeza. Su rostro era corriente y amable. Era tranquilo, gentil y se paseaba mientras se mantenía ocupado. Este hombre no era un mujeriego. Además, Rachel sabría inmediatamente si se pasaba de la raya, y él lo sabía.

Rachel tenía una manera de saber cuándo Joe iba a estornudar antes de que le hiciera cosquillas en la nariz. Algunos años atrás, ella había sabido cuando él se lastimó con una lijadora, quitándose una capa de piel en el muslo. Ella estaba en Orlando en ese momento, cuando de repente un conocimiento se apoderó de ella. Inmediatamente, dejó lo que estaba haciendo y condujo hasta su casa. Encontró una nota en la mesa del comedor que decía que Joe había conducido él mismo a la sala de emergencias. No, era imposible que Joe pensara que podía pasarse de la raya y salirse con la suya. Además, también era un hombre temeroso de Dios.

"Por lo que sé, Loretta ya no está interesada en los hombres. La mujer debe tener más de 70 años".

"Más bien ochenta y seis".

Rachel miró con curiosidad a Ruby. "Nunca me ha dicho su edad".

"No lo hará, pero lo sé. No te dejes engañar por los estiramientos faciales, ¡esa vieja es una antigüedad!"

"Y tú sabes todo esto porque..."

"Lo sé, eso es todo. Y por cierto", dijo Ruby, cambiando de tema, "tienes que ir a Macy's y comprarte un bikini". Ruby cerró los ojos después de ese comentario.

Rachel se atragantó con su último trago de Coca-Cola y volvió a dejar la lata sobre el cemento. "¿Por qué necesito un bikini?"

"Tienes un cuerpo de dinamita, chica, muéstralo".

"No, Ruby, no quiero competir contigo".

"Bah", espetó. "Eres una cosa joven, muestra lo que tienes".

"Yo no llamaría a los cincuenta y dos años exactamente

jóvenes". Rachel no aparentaba su edad. Su cabello oscuro, aunque teñido para ocultar las canas, caía recto hasta la barbilla, y el flequillo ondulado que le cruzaba la frente acentuaba sus ojos azules, dándole un aspecto juvenil.

"Es joven comparado con mis noventa y tres años".

"Vale, me has pillado ahí".

Ruby era todo un personaje, al igual que muchos de los residentes del lugar, había descubierto Rachel. Nadie sabía mucho sobre Ruby, excepto que se había casado y divorciado un montón de veces, según ella. Se rumoreaba que había sido modelo de moda. Teniendo en cuenta lo delgada que era la anciana y la forma en que se comportaba, Rachel lo creyó.

Rachel se dio cuenta de que Ruby había cambiado de tema a propósito, así que dio marcha atrás. "¿Por qué no te gusta Loretta?"

"Era una detective. Me pone nerviosa". Ruby se tapó más el rostro con el sombrero.

Rachel no lo dejaba pasar. "Esa es una respuesta conveniente. Tiene que haber algo más que eso".

"No".

"Loretta se retiró de esa línea de trabajo hace mucho tiempo. Va a la iglesia regularmente. ¿Por qué debería molestarte que fuera detective?" Rachel se puso de lado y miró fijamente a Ruby. "¿Alguna vez fuiste arrestada por ella?"

"¡Cómo te atreves!" estalló Ruby, sentándose y mirando a Rachel. "¿Por qué estoy hablando contigo? Vete a otra parte y toma el sol".

"Ruby, lo siento. No quise ofenderte", dijo Rachel, poniéndose en posición sentada. "En realidad estaba bromeando. Estoy segura de que nunca te arrestaron".

"Bueno, está bien". Era obvio que Ruby no quería confesar nada. Se recostó de nuevo, tomando los rayos, sin decir nada.

Rachel rodó sobre su espalda. *Vieja y delicada mujer.*

DOS

"ENTONCES, ¿no veremos para las siete y media?" preguntó Eneida Sánchez mientras estaba junto a la puerta del despacho.

"Sí, estaré en la sede del club a tiempo", dijo Rachel mientras marcaba el calendario de su escritorio. "Y también lo harán Tia y Olivia. Ya he confirmado con ellas".

"¡Genial! Entonces me voy a trabajar. Nos vemos entonces". Eneida Sánchez paseó sus redondas caderas por la puerta del despacho del condominio. Dotada de generosos atributos físicos, su cabello negro muy rizado rebotaba alrededor de su bonito rostro mientras se movía.

Rachel y Eneida habían congeniado inmediatamente al conocerse en la piscina, aunque no había nada evidente que compartieran. Eneida era propietaria de una protectora de animales que no se matan y era una activa defensora de los derechos de los animales. Debido a su dedicación a los animales necesitados y a sus hijos, no había tenido mucho tiempo para su marido. En consecuencia, se divorciaron unos años antes de que ella se mudara al condominio.

Aunque sigue involucrada en el refugio, Eneida finalmente

pudo contratar a un hombre para que se encargara de la gestión diaria de las instalaciones después de que le legaran una gran suma. Vivía en las instalaciones donde ella había residido en el pasado. Pero ahora disfrutaba de la vida en la playa y del olor del aire salado después de tantos años de olores de perrera. Hizo amigos en el Breezeway, uno de los cuales era Rachel, y disfrutó de su tiempo libre después de tantos años de implacable trabajo físico. La vida era buena.

"¡Santo cielo! Hace calor ahí fuera", refunfuñó Loretta mientras se deslizaba junto a Eneida y continuaba hacia el despacho con aire acondicionado de Rachel con un cheque en la mano. "No recuerdo que Nevada haya estado nunca así. Es demasiado húmedo".

Loretta se acarició el cabello canoso, recogido en un prominente peinado con un giro en la espalda. Una peineta brillante sujetaba la masa, y el aroma de la laca se extendía por la oficina. Delgada como una moneda de diez centavos y siempre con una apariencia sofisticada, la anciana iba vestida con un traje pantalón color melocotón. Rachel no pudo evitar pensar que Loretta debería vestirse más ligera si iba a quejarse de la humedad.

"Tengo la cuota del condominio aquí", dijo Loretta, colocando el cheque en el escritorio. "Su esposo hizo un buen trabajo con mi inodoro. Ya no funciona toda la noche ni me mantiene despierta. Ya me cuesta tanto dormir que no necesito una serenata acuática".

"Me alegro de que tu sueño ya no se vea interrumpido, Loretta". Rachel hizo un recibo para la mujer. "Si tiene más problemas, por favor hágamelo saber. Enviaré a Joe de vuelta".

"Gracias, querida. Eres un encanto". Loretta se dirigió de nuevo al vestíbulo y luego al calor del día en el exterior.

El teléfono sonó. Rachel lo cogió, medio esperando tener noticias de Joe.

"¡Ya he tenido suficiente con esos tontos peleoneros de la puerta de al lado! Voy a llamar a la policía si no los callas". Penélope Hardwood ni siquiera dijo su nombre, decidiendo simplemente lanzar su descontento al oído de Rachel.

"¿Qué está pasando ahora?" preguntó Rachel, sabiendo con quién estaba hablando.

"Marc le está gritando a todo pulmón a Lola y ella grita como un gato con la cola atrapada en una sierra circular. Han estado discutiendo toda la noche y aquí están, a las diez de la mañana".

"¿Has probado a golpear la pared? A veces la gente se avergüenza pensando que los vecinos les están oyendo pelear y entonces se callan", dijo Rachel, ofreciendo su mejor sugerencia.

"He golpeado hasta que mi mano quedó magullada. Ese horrible hombre va a matarla. Es la única manera de que haya paz para mí", dijo Penélope, seguida de un profundo suspiro.

Penélope llevaba mucho tiempo residiendo en el condominio. Como informante confidencial autoproclamada por Rachel, la anciana mantenía a Rachel al tanto de todo lo que ocurría en el condominio, informando regularmente sobre cualquier comportamiento inapropiado de sus vecinos. Su edad se reflejaba en su postura encorvada. Envuelta en un suéter incluso cuando había noventa y cinco grados en el exterior, Penélope parecía estar siempre en el lugar adecuado cuando algo sucedía. Todo el mundo sabía que le contaba a Rachel todo lo que veía y oía.

"Subiré y hablaré con ellos. Tú quédate dentro de tu apartamento, Penélope, ¿de acuerdo?"

"De acuerdo, me quedaré aquí", prometió. "Pero tienes que hacer algo".

"Estoy en camino", dijo Rachel, colgando el teléfono y cerrando su oficina al salir.

Rachel tomó el ascensor hasta el octavo piso. Al salir, pudo oír el jaleo. Los ruidos de los golpes se extendieron por el pasillo exterior, lo que hizo pensar a Rachel que Marc estaba haciendo rebotar a su mujer contra las paredes. Los gritos estridentes de Lola se extendieron por el aire exterior, seguidos de ruidos de golpes, como si sugiriera que estaba lanzando objetos rotos a su marido. Rachel se preguntó por qué nadie había llamado a la policía. Al parecer, sólo Penélope se preocupaba de lo que ocurría en aquel apartamento.

Rachel golpeó fuertemente la puerta principal con su puño. "¡Abran! Es Rachel".

El silencio siguió a la demanda, luego la puerta se abrió lentamente. Lola estaba de pie junto a la puerta, con el cabello castaño alborotado y cayendo a medias sobre su rostro. Se le había formado un ojo negro y el otro párpado guiñaba cerrado. La nariz de la mujer estaba roja por la sangre seca y sus labios estaban hinchados. Lola era un espectáculo para la vista.

"Hola, Rachel", dijo Lola con desgana, como si su aspecto fuera perfectamente normal.

"Lola, tienes que saber que ustedes dos están haciendo un gran escándalo aquí. Me sorprende que nadie haya llamado a la policía". Rachel se apartó con las manos en la cadera, mirando con severidad a la mujer de mediana edad.

"Oh, lo siento, no me di cuenta de que estábamos siendo tan ruidosos", dijo, al principio parecía avergonzada, luego su rostro se dividió en una sonrisa tímida. "Ya sabes cómo es, las parejas tienen pequeñas riñas".

"Esto sonó como la Tercera Guerra Mundial, no como una pequeña discusión. De verdad, ¿cómo puedes quedarte ahí y decirme eso? ¿No crees que tus vecinos tienen oídos? La mayoría de ellos usan audífonos".

"Bueno, no sé, supongo que las cosas se me fueron de las manos".

"¿Dónde está Marc? Quiero ver a Marc ahora mismo", exigió Rachel. Había momentos en los que se sentía como si estuviera dirigiendo un jardín de infancia para delincuentes de edad avanzada.

Los ojos de Lola se abrieron de par en par por el miedo. Sus labios hinchados comenzaron a moverse pero no salió nada audible.

"¡Marc!" Rachel llamó mientras empujaba a Lola, entrando en la entrada. "Ven aquí y habla conmigo".

El apartamento estaba en mal estado. *¿Salsa de pasta? ¿Salchicha?*

Un hombre alto y espigado se deslizó desde el dormitorio de invitados y se quedó con una mirada impotente.

"Los vecinos se quejan de todas las peleas que hacéis aquí arriba. Esta vez se les ha ido de las manos".

Rachel observó que estaba un poco desaliñado. Su cabello, normalmente peinado hacia atrás, colgaba a los lados de su esbelto rostro, y su camisa estaba abierta, dejando al descubierto la piel. Los pies descalzos asomaban bajo los vaqueros.

"Lo siento, no me di cuenta de que éramos tan ruidosos que los demás podían oírnos discutir", dijo Marc.

Rachel no le permitió ni un centímetro de excusa. "¿Discutiendo? Pude oírte claramente en el ascensor gritando a Lola. Y ella estaba chillando. No había ninguna discusión".

En ese momento, Rachel dejó que sus ojos recorrieran la zona del salón y el comedor que se unían. Había vidrios rotos y comida esparcida por toda la alfombra y manchas oscuras en las paredes donde los dos debían de haber estado peleando. Las muescas en la pared evidenciaban el lanzamiento de objetos. En otra pared vio marcas rojas que Rachel supuso que eran de sangre, o quizá de salsa de pasta. Una silla estaba inclinada de lado y un par de mesas parecían torcidas.

Al mirar más de cerca a Marc, Rachel pudo ver que tenía

un corte junto al ojo derecho, el labio hinchado y ensangrentado y el ojo izquierdo empezaba a hincharse. Apestaba a sudor y a aceite de motor. *Debió de ser una discusión.*

"Estoy horrorizada. Mírense los dos". Rachel gritó. "¡Lola, eres un espectáculo!"

La mujer temblaba mientras se apoyaba en la pared. Su camisa estaba medio abierta y apenas colgaba de sus hombros. Una chancla se aferraba a un pie y sus pantalones cortos estaban parcialmente arrancados de su cuerpo. En una de sus caderas se estaba formando un gran hematoma y en su antebrazo se veía un corte irregular.

"No puedes decirme que esto no ha sido una mala pelea; puedo miraros a los dos y ver lo que ha pasado aquí. Y los vecinos se han quejado". Rachel miró a los dos mientras cambiaba su peso de un pie a otro, tratando de decidir qué hacer a continuación. "¡Mira lo que le has hecho a este apartamento! Es un desastre".

"Lo sentimos", dijo Marc, frotándose nerviosamente un brazo con la mano. El tatuaje del corazón en la parte superior de su brazo parecía tener una flecha adicional que lo atravesaba. Sin duda, Lola contribuyó a ese corte.

"Sí, lo siento", murmuró Lola.

"Los Morgan son los dueños de este apartamento. Se pondrían furiosos al verlo en estas condiciones". Rachel se enfurecía cada vez más mientras hablaba. "¿Así es como se divierten ustedes dos? ¿Es una especie de viaje de placer para ustedes? Hablo en serio, ¿es así?"

Se hizo el silencio y luego Marc respondió.

"Bueno, tal vez. A veces". Arrastró los pies mientras miraba hacia abajo. "Pero esta vez, bueno, eh..."

"Se puso celoso", intervino Lola. "Creo que se volvió loco por haber visto demasiadas películas y luego explotó porque el chico del supermercado llevó mis bolsas al coche. Estaba en el coche, esperando. Pensó que el chico estaba loco por mí".

Marc Rogers tenía una tienda de motocicletas en la ciudad que vendía todos los accesorios que uno pudiera necesitar. Rachel dirigió su mirada hacia el propietario del negocio, a quien cabía suponer que tenía algo de sentido común. Tal vez incluso una pizca de decencia.

"¿De verdad? ¿Te has puesto celoso de un chico? ¿Un chico de la tienda de comestibles?" Rachel todavía tenía las manos apoyadas en las caderas.

"Más o menos".

Rachel dejó escapar un gran suspiro de frustración, soltando las manos que descansaban. "Vosotros dos necesitáis asesoramiento. A lo grande. Os sugiero encarecidamente que busquéis ayuda profesional o tendré que llevar esto a los propietarios de este apartamento y a la junta del condominio. Y tal vez a la policía".

"Podemos hacerlo", dijo Lola con entusiasmo.

"Hazlo", ordenó Rachel. "Inmediatamente. Quiero ver pruebas de que estás asistiendo a las sesiones de asesoramiento, o que Dios me ayude, te entregaré. Esta es tu última advertencia".

Ambos asintieron con entusiasmo, como dos cabezas de chorlito.

Rachel salió del apartamento y entró en el ascensor. Tenía muchas ganas de estar con sus amigos. Había sido un día duro.

TRES

"¿OTRA vez? No entiendo por qué no echa a ese imbécil", dijo Tia. "Yo no aguantaría ese comportamiento ni un minuto".

"Tal vez ella tenga parte de la culpa", sugirió Olivia. "Después de todo, se necesitan dos para bailar el tango, como dicen".

"Baila conmigo una vez así y le meto en la cárcel", dijo Eneida.

"Otra ronda", dijo Rachel a la camarera, agitando su vaso en el aire.

Las chicas estaban bebiendo té helado, su bebida preferida. La casa club del condominio era un lugar estupendo para que las chicas pasaran el rato, se pusieran al día con las últimas novedades de sus vidas y luego no tuvieran que preocuparse por conducir a casa. Rachel no bebía, salvo quizá una copa de vino en una fiesta, pero eso era una rara ocasión. Aunque el bar estaba convenientemente situado a pocos metros, sus amigas tampoco bebían porque tenían que trabajar al día siguiente.

Rachel añadió tres paquetes de azúcar a su té y cogió de un plato una galleta de cortesía que le ofrecía el bar, y luego tomó otra. "Si vuelve a ponerle la mano encima, llamaré a la policía, aunque parecía que ella había dado su buena ración de golpes. Tal vez ambos deban ir a la cárcel".

Tia recogió su vaso. "Probablemente ambos deberían haber ido a ver a un médico".

"Hablas como una doctora", dijo Olivia.

Tia Patel era ginecóloga. Tenía una consulta considerable, pero ese logro no había llegado sin sacrificios. Nacida de padres adinerados en Haridwar (India), asistió a la universidad en Estados Unidos y acabó pidiendo la nacionalidad. A pesar de su carácter independiente, la cultura india era importante para ella, así que Tia cumplió los deseos de sus padres y aceptó un matrimonio concertado. Pero su dedicación a su profesión y a las mujeres a las que cuidaba a lo largo de los años se convirtió en una carga inaceptable para su tradicional marido indio-americano. Se divorciaron después de veinte años sin hijos.

"Aquí tienen, señoras, la tercera ronda. Espero que no os haga pasar la noche en vela", bromeó la camarera mientras se alejaba.

"Tengo exámenes que calificar", dijo Olivia.

Sentada y elegantemente vestida con un traje azul, la chaqueta de Olivia Johnson caía abierta para revelar un bonito juego de perlas alrededor de su cuello que contrastaba maravillosamente con su impecable piel de cacao. Cálida y cariñosa por naturaleza, la personificación de la maternidad, Olivia había enviudado a una edad temprana, pero se las arregló para sacar adelante la universidad con cuatro hijos a cuestas. Llegó a ser una buena proveedora como profesora universitaria en la Universidad Bethune Cookman y un modelo a seguir para sus hijos. Ahora que sus hijos habían crecido y se habían ido, vivir en un apartamento parecía la decisión perfecta.

"De acuerdo, ¿qué pensáis todos de que me apunte a un

servicio de citas online?" preguntó Olivia, mirando de un rostro de sorpresa a la otra.

"¿Un servicio de citas? ¿Te refieres a un servicio en el que miras un montón de fotos de hombres, lees una biografía y ya está?", preguntó Eneida.

"Exactamente".

"No para mí", dijo Eneida, subiendo las mangas de su camisa azul hasta las muñecas.

"Yo tampoco lo creo. ¿Quién sabe con qué chiflado te puedes encontrar?" dijo Tia.

"Todos los hombres en esos sitios de citas no son unos locos", dijo Olivia. "Y no he tenido una cita en veintidós meses, una semana y cuatro días".

"¿Pero quién cuenta?" Rachel se quebró. Añadió otros tres paquetes de azúcar a su nueva bebida y cogió otra galleta. "En serio, ¿tanto tiempo?"

"Sí, tanto tiempo. Me gustaría tener un hombre en mi vida". Olivia ladeó la cabeza. "¿Y por qué no usar un servicio de citas? Se hace todo el tiempo. Becky, en la matrícula de la universidad, conoció a un gran tipo de esa manera".

"Bueno, si quieres probarlo, hazlo", dijo Eneida. "Pero si te explota en el rostro, no me llores".

Las tres señoras repitieron varias versiones del mismo sentimiento, moviendo la cabeza hacia un lado.

Olivia parecía indignada. "¡Qué panda de aguafiestas! Estaba buscando tu apoyo".

"Sólo estamos preocupados por ti, es todo", dijo Rachel, poniendo su mano en el brazo de Olivia. "Eres tan dulce que es posible que te rompan el corazón".

"Pero si no lo intento, no lo sabré, ¿verdad? Podría conocer a alguien realmente especial; podríamos enamorarnos y quién sabe dónde..." y su voz se apagó mientras jugaba con sus perlas.

"Ah, ahí va, ya está enamorada y ni siquiera ha tenido una primera cita", dijo Eneida.

"Eneida y Rachel tienen razón; te estás preparando para que te hagan daño", dijo Tia. "Ninguno de nosotros quiere que eso ocurra". Llevando un elegante par de pantalones negros básicos y una camisa blanca a medida, su ropa reflejaba su naturaleza conservadora y cautelosa.

"Tendré cuidado. Tengo que seleccionar a los hombres antes de contactar con nadie, así que eso debería eliminar a los farsantes y a los malos".

"Esperas", dijo Rachel.

"Vamos a tratar de iniciar una actitud positiva aquí, ¿de acuerdo? No voy a unirme al ejército y ser desplegado en un país hostil. Sólo quiero tener unas cuantas citas". Olivia mostró una sonrisa esperanzada a sus amigos. "Alégrate".

Las señoras se miraron entre sí y se encogieron de hombros conjuntamente.

"Ve a por ello", dijo Eneida.

"¿Quién paga la siguiente ronda?" preguntó Rachel.

"¿Cuántas has tenido ya?" preguntó Eneida.

Rachel sonrió. "He perdido la cuenta. Oye, tengo sed".

"Estás actuando de forma absurda", dijo Tia, dándole una mirada sospechosa. "De acuerdo, voy a tomar una ronda y luego me voy. Estoy de guardia este fin de semana".

"Tia, ¿por qué no sales con alguien? Eres atractiva. Tienes una piel preciosa, un precioso cabello negro, tienes un buen peso, los hombres deberían caer rendidos ante ti", dijo Olivia.

"Trabajo muchas horas. No me queda mucho tiempo después del trabajo. La mayoría de las veces dormir es más atractivo que pasar tiempo con un hombre", dijo Tia, apoyando los codos en la mesa.

"¿Cuál es tu excusa, Eneida?" preguntó Rachel.

"He estado pensando en ello. Tengo más tiempo ahora que

tengo un hombre viviendo en el refugio. Jorge me ha quitado muchas cosas de encima", dijo Eneida. "Así que, tal vez".

"Únete a un servicio de citas", sugirió Olivia.

Eneida deslizó sus ojos hacia Olivia. "Creo que primero probaré otros métodos".

Rachel introdujo la llave en la cerradura de la puerta principal. Intentaba no hacer ruido por el bien de Joe. No quería despertarlo porque él siempre se levantaba temprano por la mañana. Y era medianoche. Joe tendría problemas para volver a dormir si se despertaba ahora.

Tanteando la pared en busca del interruptor, Rachel consiguió iluminar su camino, pero no antes de que su tacón se enganchara en la alfombra que había junto a la puerta. La intención era atrapar la suciedad del exterior, pero en su lugar se enganchó el zapato. Cayó de culo y se desplomó hacia atrás, con la cabeza golpeando la puerta con un golpe. Rachel soltó unas cuantas palabras. Se puso de rodillas y se levantó. Fue entonces cuando vio a Joe mirándola fijamente.

"¿Estás bien?"

"Por supuesto, estoy bien".

"Me lo preguntaba porque parecía que estabas aquí luchando con Rulon Gardner", dijo Joe con una expresión inexpresiva.

"¿Qué? Tuve cuidado de no hacer ruido".

"Si eso fuera silenciosa, no me gustaría oír el jaleo qué harías al intentar serlo". Joe se fue arrastrando hacia el dormitorio. "A ver si puedes bajar el volumen para que pueda volver a dormir".

Demasiado para entrar a hurtadillas.

CUATRO

"¿QUÉ? ¿HAS DICHO GATOS?" preguntó Rachel a la persona que llamaba por teléfono. "¿Cómo pueden ser ruidosos los gatos?"

Rachel escuchó la explicación de cómo los gatos que saltan pueden provocar ruidos. A veces resultaban ruidos fuertes, como si se hubiera caído algo. No era la primera vez que recibía quejas sobre las mascotas que Eneida tenía en su apartamento. Como activista de los animales y propietaria de un refugio, Eneida tenía tendencia a traer animales a casa. A veces superaba el número aceptable en las normas del condominio. Y a veces los gatos no jugaban bien, ni en silencio.

"Me pondré en contacto con ella hoy", dijo Rachel. "Estoy segura de que la situación mejorará, señora Donnelly". Esta no era la mañana que ella hubiera elegido para tratar este asunto, porque se sentía acalorada y un poco mareada al ponerse de pie. Sabía que Eneida nunca era receptiva cuando se trataba de críticas sobre sus animales. Pero Rachel tenía que informarle de otra queja. Pilló a Eneida por el móvil en su descanso para comer, comprando comida para mascotas en oferta.

"Ese viejo murciélago no tiene nada mejor que hacer que quejarse", dijo Eneida. "Lo que debería hacer es comprarse un gato. Eso la mantendría ocupada y fuera de mi vista".

"¿Cuántos gatos tienes ahí arriba ahora mismo?" preguntó Rachel.

"Umm, cuatro..."

Rachel sabía que eso significaba que probablemente tenía ocho.

"Baja el número a cuatro, Eneida. Hazlo hoy", dijo Rachel. "¿Y cuántos perros tienes?"

"Sólo uno".

Probablemente era la verdad. Los perros eran más difíciles de ocultar que los gatos. Rachel conocía la mezcla de Retriever y Caniche. Era un chico grande, con un pelaje amarillo que se desprendía en grandes mechones por todas partes. El perro era mayor, no ladraba y quería a todo el mundo. El tipo de perro que un ladrón recibiría con besos babosos. Él no era el problema.

"Bien, por favor, ocúpate de la situación de tu gato, Eneida".

"De acuerdo".

Rachel colgó el teléfono de la oficina y puso los ojos en blanco. No había previsto tanto drama cuando aceptó administrar el condominio. *Todo el mundo parece ser un personaje, con pocas excepciones,* pensó Rachel.

Entonces Ruby entró en la oficina.

La anciana colocó sus puños a ambos lados de los pantalones cortos rojos que llevaba. Con evidente fastidio, tiró de un top blanco no revelador hacia abajo sobre sus huesudas caderas. Rachel se sorprendió al ver a Ruby vestida con ropa normal en lugar de su habitual traje de baño.

"¿Qué ocurre?" preguntó Rachel.

"¡Es Penélope Hardwood otra vez!"

"¿Ahora qué ha hecho?" Rachel no creía que Penélope hubiera hecho realmente nada malo. Incluso antes de que la mujer abriera la boca, Rachel estaba convencida de que el problema era Ruby y no Penélope.

"¡Sale a decir a todo el mundo que soy una vergüenza! ¿Yo?"

"Ahora, Ruby, estoy segura..."

"Esa vieja bruja se viste como Nanook del Norte a noventa grados de temperatura, ¿y *yo soy* la vergüenza? En serio". Después de hablar, adoptó una pose indignada, con los ojos brillantes.

"¿Qué pasa con vosotros dos? ¿Por qué no podéis intentar llevaros bien el uno con el otro?" dijo Rachel. "Penélope es una señora muy agradable, dulce y reservada. No haría daño a una mosca".

Las cejas de Ruby se levantaron. "Vas a ponerte de su lado otra vez, ¿no?"

"No es una cuestión de bandos, es..."

"Siempre te pones de su lado, nunca del mío". Ruby se dio la vuelta para irse. "Es una entrometida y chismosa. Supongo que te gustan esos tipos".

Ruby salió del despacho dando un portazo.

Rachel puso los ojos en blanco por segunda vez.

La siguiente persona que entró en el despacho era previsible.

"Hola, Penélope", dijo Rachel, pronunciando cada sílaba lentamente.

Ruby había acertado en su descripción de la anciana. Allí estaba, una mujer canosa y ligeramente regordeta de avanzada edad, vestida con un sencillo vestido de casa y uno de sus muchos y pesados jerséis.

"Buenas tardes, querida. Quería hablarte de Alfred, ya conoces a Alfred..."

"Sí, por supuesto, Alfred vive en el octavo piso".

"Bueno, no se siente muy bien", dijo Penélope. "Le he visto zigzaguear en el paseo y le he preguntado si estaba bien. Dijo que lo estaba y siguió su camino, pero no creo que dijera la verdad".

Alfred Thorn era un hombre muy tranquilo, con apenas cabello en la cabeza. Normalmente llevaba una chaqueta ligera, lo que le daba un aspecto formal, al menos para Florida. Dado su correcto aspecto y sus modales, Rachel sospechaba que Penélope estaba prendada de él.

"Oh, sí, Alfred..." Rachel comenzó a decir, pero fue interrumpida. Parecía ser su día de interrupciones.

"Por supuesto, si Ruby no se hubiera puesto a alardear ante él en primer lugar, toda la situación podría no haber ocurrido. Supongo que es igualmente su culpa", dijo Penélope.

"¿«Alardear»? Oh, cielos". Rachel sostuvo su cabeza entre las manos mientras sus codos se apoyaban en el escritorio frente a ella. "Ruby se pasea como una ex modelo madura. No estaba haciendo alarde de sí misma en Alfred. ¿Has estado alguna vez en un desfile de moda, Penélope?"

"No."

"Tal vez quieras llevar a una alguna vez para que puedas observar cómo camina una modelo profesional. Es la misma forma en que Ruby mueve su cuerpo de un extremo a otro de una habitación", dijo Rachel, mirando a la anciana. "Ella no hace alarde, se desliza".

"A eso le llamo escabullirse. Y es un comportamiento indecoroso", insistió Penélope.

"A tus ojos", dijo Rachel, tratando de ser paciente con la mujer. "Sólo a los tuyos. Todos los demás piensan que es algo lindo para una anciana. Pero ahora Ruby piensa que estás contando chismes sobre ella".

"Yo no cuento chismes. Nunca", dijo la mujer, levantando la barbilla y cruzando los brazos sobre el pecho.

"Entonces ve a disculparte con ella. Dile que no estabas contando chismes a sus espaldas".

Se hizo el silencio.

"¿Y bien?"

Ella soltó los brazos. "De acuerdo, para complacerte, lo haré".

"No me complazcas, hazlo por Ruby".

Penélope dejó escapar un profundo suspiro. "De acuerdo". Se volvió hacia la puerta. "Pero si no se balanceara tanto, tal vez Alfred no..."

"¡Penélope!" Rachel estaba convencida de que la anciana estaba celosa de Ruby. Y necesitaba superarlo.

"Está bien, de acuerdo. Me disculparé. Buen día". Salió del despacho, cerrando suavemente la puerta.

Estoy supervisando a los niños del jardín de infancia. ¡Unos viejos niños de jardín de infancia!

"¿Y cómo fue tu día?" preguntó Rachel mientras servía la sopa de coliflor y queso cheddar en dos cuencos.

"Nada especial. ¿Quieres que saque el pan?" preguntó Joe, caminando detrás de ella hacia la estrecha cocina.

"Si quieres un poco, yo no".

Joe recogió el pan y la margarina de la nevera y llevó ambos a la mesa del comedor. Rachel llevó con cuidado los dos tazones de sopa a la mesa y luego volvió a la cocina por su té helado.

"¿Terminaste con ese asunto del fregadero?", preguntó mientras se sentaba con su bebida, tomando un sorbo, y luego añadiendo cantidades abundantes de azúcar al té.

"Sí. Alfred parece feliz ahora". Joe olió su sopa antes de dar un ruidoso sorbo, y luego hizo una mueca al comprobar que estaba demasiado caliente. "Es un personaje".

"¿Sólo él? Todo el lugar está lleno de «personajes»".

"Alfred es un buen hombre".

"Sí. Creo que Penélope está enamorada de él".

"¿En serio? El romance de los mayores".

"Penélope me dijo hoy que creía que estaba enfermo. ¿Qué piensas ?" Rachel removió la sopa para enfriarla antes de probarla.

"Está bien, supongo. Apenas se levantó de la silla", dijo Joe. "Lo único que le pasa es que necesita algo de ejercicio".

Rachel sonrió. "Eneida vuelve a tener demasiados gatos. Hoy he recibido otra queja por el ruido que hacía su colección de gatos". Sopló una cucharada de sopa.

"Apuesto a que apesta ahí arriba". Joe sacó una rebanada de pan del envoltorio y sacó la tapa de la margarina.

"Me estremece pensar. No he estado en su casa desde hace mucho tiempo. Siempre nos reunimos en la casa club. O aquí". Rachel miró a su marido con una pregunta en los ojos.

"¿Qué?" Joe detuvo el movimiento de su cuchara a medio camino de su boca, devolviéndole la mirada.

"No lo sé. Sólo tuve una sensación extraña".

"No ha tenido ningún problema de mantenimiento, así que no puedo ir a merodear para ver el estado de la unidad".

"Lo sé. No te preocupes. Con suerte, devolverá algunos gatos al refugio y reinará la paz", dijo, llevándose la sopa a la boca.

Joe volvió a sorber su sopa y Rachel sacudió la cabeza en respuesta. Era un hábito tan molesto el suyo.

"¿Cómo se veía la casa de Loretta cuando estabas ahí arriba?"

"Oh, muy limpia, ordenada. Lucía perfecto".

"Tiene ayuda para limpiar. Hablando de eso, me pregunto cómo va la limpieza con los Rogers peleados". Rachel dejó la cuchara al pensar en eso y cogió el abanico que estaba convenientemente colocado sobre la mesa. Comenzó a mover vigorosamente el aire hacia su rostro. "¡No habrías creído el desastre que hay ahí arriba! Cristales rotos por todas partes y cortes en las paredes. Manchas de sangre, también. Y apestaba".

"No me gusta Marc. No me fío de él". Joe dobló su pan por la mitad antes de dar un bocado.

"Yo tampoco. Es malo. Y no sé qué decir de Lola". Rachel siguió abanicándose.

"¿Qué tal «estúpida»?"

"Tienes razón. Sospecho que ella es parte igual de la pelea. Marc parecía golpeado, también. Ella podría incitarlo para tener una excusa para darle unos cuantos golpes en el rostro. ¿Quién sabe?"

Joe lanzó a su mujer una mirada molesta. "¿Por qué te abanicas en la mesa?"

"Tengo calor. No debería estar comiendo sopa. Y parece que tengo un problema con el exceso de calor últimamente". Rachel lo dejó así. Dejó que sumara dos y dos. Tenía cincuenta y dos años.

"¿Calenturas?"

"Sí", admitió de mala gana. "Está bien, sólo beberé más té".

"Eh.... Intentaré estar por el apartamento de los Rogers mañana para ver si puedo captar alguna señal de limpieza", dijo Joe, cambiando a un tema más cómodo.

"Buena idea. Los Morgan se horrorizarían si vieran su apartamento en esas condiciones". Rachel dejó el ventilador y volvió a coger la cuchara. "Puede que tenga que informarles del desorden si esa pareja de locos no se endereza".

Un estallido de truenos sacudió de repente la mesa.

"Aquí vamos de nuevo", dijo Joe. "Justo a tiempo".

"Voy a apagar la computadora", dijo Rachel, levantándose

de la silla. Caminó por el pasillo hasta el segundo dormitorio, donde se encontraba su oficina improvisada. Casi todas las tardes pasaba una tormenta durante la temporada de huracanes, justo en ese momento. Nunca dejaba de sorprender a Rachel lo puntual que podía ser el tiempo.

CINCO

PARA VARIAR, Rachel se ha dormido rápidamente. Normalmente, sus noches las pasaba intentando conciliar el sueño o intentando volver. No era raro que se despertara a las tres y permaneciera así durante dos horas antes de volver a dormirse. Todos los expertos aconsejaban levantarse y hacer algo en lugar de quedarse en la cama. Pero también aconsejaban no ver la televisión ni mirar la pantalla de la computadora, e incluso su teléfono. Entonces, ¿qué debía hacer a las 3 de la mañana, pasar la aspiradora? A Joe no le gustaría ese alboroto en mitad de la noche.

Esa noche en particular, Rachel se despertó a las cuatro. Dio un par de vueltas, y luego volvió a dormirse. Se produjo uno de sus sueños especiales, de los que no podía olvidar por mucho que lo intentara. Era espeluznante, con la sangre brotando del cuerpo de una mujer, abriéndose en abanico sobre la pared y descendiendo. Los muebles estaban volcados. Hacia el final, la escena se volvió demasiado oscura como para ver algún detalle. Se despertó con un sobresalto. Después, Rachel se levantó de la cama, sin querer arriesgarse a reanudar el sueño si se quedaba dormida de nuevo. La sangre que había visto no era de un rojo normal, sino de un neón brillante, y ese tono tan peculiar seguía parpadeando en su memoria mientras se dirigía a la cocina. Instintivamente supo que el color neón significaba sangre. Y de asesinato.

Rachel preparó el café, intentando no hacer ruido. Sospechaba que Joe se iba a levantar de todos modos. Era su hora de levantarse, pero desde luego no la de ella. Al cabo de unos minutos Joe apareció en la puerta de la cocina, vestido con sus vaqueros normales y una camiseta. "¿Te has levantado?"

"Sí, tuve un mal sueño. Uno de *esos* sueños".

"¿Y esta vez?"

Rachel le contó a su marido la experiencia mientras él iba a por tazas para su café.

"¿Quién es la mujer?", preguntó.

"No pude ver su rostro".

"¿Dónde ocurrió?" Joe puso un poco de Stevia en su taza elegida, haciendo una pausa para disfrutar del aroma del café.

"No pude ver con seguridad porque todo se oscureció. Pero creo que estaba en el condominio".

Sus ojos se volvieron hacia arriba, mirándola. "¿Un asesinato en el condominio?"

"Tranquila, no le des energía. No hables de ello".

Joe se sentó en silencio al lado de una pequeña mesa redonda junto a la pared, estudiando a su mujer. "Hace tiempo que no tienes uno de esos sueños pre cognitivos".

"Lo sé. Y nunca se trata de que lleguen buenas noticias". Rachel añadió azúcar a su taza antes de sentarse a la mesa.

"Así lo he notado. Normalmente alguien muere".

Rachel asintió con la cabeza. "Me pregunto quién será esta vez".

"Supongo que tendremos que esperar y ver". Joe se llevó la taza a los labios.

"¿Le dijiste a Penélope que se disculpara conmigo?" El rostro de Ruby estaba casi tan roja como su cabello. También se veía un poco desaliñada, con su rodete desarreglado.

"¿Por qué, se disculpó contigo?" preguntó inocentemente Rachel, apoyando los codos en la mesa del despacho.

"Sí. Y tú la obligaste a hacerlo, ¿verdad?"

"Yo no he dicho eso".

Ruby miró fijamente a Rachel. "Esa es la única forma en que se habría disculpado, si se lo hubieras dicho".

"No lo sabes. Penélope es una dama dulce y amable..."

"Que se mete en los asuntos de todos", interrumpió Ruby. "Es tu espía. Corre hacia ti con todo, la mayoría de lo cual no tiene ningún significado para ella y sólo sirve para causar problemas. Es una chismosa. Y una alborotadora".

Justo cuando Ruby concluyó su discurso, Penélope abrió la puerta. Ruby la miró fijamente y luego cruzó los brazos sobre el pecho.

"¿Ves? ¿Qué acabo de decir? Penélope tiene algo que decirte", anunció Ruby, extendiendo un brazo para señalar a la otra mujer.

Penélope no prestó atención a Ruby, recogiendo su suave jersey azul sobre el vestido de la casa y centrándose en cambio en Rachel. "Hay un olor extraño en mi piso. No estoy segura de dónde viene".

Al *menos esto no es una queja sobre Ruby,* pensó Rachel. "¿A qué huele?" preguntó Rachel.

"No puedo decirlo. Mi olfato ya no es lo que era", dijo Penélope.

"¿Tal vez estás oliendo productos de limpieza? Eso podría venir de la puerta de al lado. Se supone que Lola y Marc están limpiando su desorden", sugirió Rachel.

"No lo creo. No es un olor agradable". Penélope miró a Ruby, que había decidido guardar silencio.

"Le pediré a Joe que suba a husmear cuando vuelva de la tienda", dijo Rachel.

"Gracias, querida". Penélope dirigió su atención a Ruby. "Es un encanto. Siempre nos cuida tan bien".

"Sí, Rachel es un auténtico melocotón", dijo Ruby secamente.

"Buenos días a las dos". Penélope salió por la puerta.

"Ahora, ¿no te da vergüenza?" preguntó Rachel, cogiendo su botella de agua y dando un largo trago.

"No. La próxima vez vendrá a quejarse de mi traje de baño". Ruby se puso de pie con los brazos aún cruzados frente a ella. "Es una despiadada".

Rachel suspiró profundamente. "¿Tienes algo más que decir? Porque yo sí tengo trabajo aquí", dijo, palmeando una pila de papeles.

"No, ya he terminado", dijo ella, desplegando sus brazos de espagueti. "No trabajes mucho". Ruby se fue en silencio.

Rachel comenzó a atacar su papeleo justo cuando sonó el teléfono. Era Tia.

"Olivia y yo queremos quedar para tomar algo a las 5:30. ¿Te apuntas?"

"Claro. ¿Qué tal Eneida?"

"Le dejé un mensaje en su teléfono para que se reuniera con nosotras".

"Genial. Nos vemos entonces".

Con sus tés helados, tendría la oportunidad de preguntar a Eneida sobre la situación de su gato. ¿Quizás ese olor no identificado era de sus cajas de arena desbordadas? Después de todo, vivía a dos puertas de Penélope.

SEIS

"LO PRIMERO QUE quiero saber es, ¿cómo es tu vida amorosa?" preguntó Rachel mientras aceptaba su té del camarero. La cocina del club desprendía un olor divino. El olfato de Rachel le dijo que eran galletas Toll House las que venían hacia ella. Un gran plato de trufas de chocolate envueltas en plata, donadas por Tia, estaba delante de Rachel. Ese olor era aún más tentador que el de las galletas. Había sido un día muy largo y estaba contenta de estar con sus amigos (y con las galletas) y con el chocolate.

"Bueno, por eso quería quedar para tomar algo", dijo Olivia con una sonrisa burlona. "Tengo noticias".

"¡Dime!" Rachel exigió.

"He estado examinando las posibles citas en Internet y he encontrado una pareja que me ha impresionado", dijo Olivia.

"¿Así que saliste?" preguntó Tia. Obviamente, no se había tomado el tiempo de cambiarse de ropa después del trabajo porque estaba vestida con una chaqueta blanca.

"Aún no. Pero pienso hacerlo", dijo Olivia.

"¿Cuándo? ¿Con quién?" preguntó Rachel. "Cuéntame los detalles".

"Mañana por la noche para cenar. Nos encontraremos en el Bombay Grill", dijo Olivia, acariciando el lateral de su corta peluca negra. Olivia alternaba entre su propio cabello corto y las pelucas, especialmente durante el verano.

"Oh, el lugar con la gran comida india", dijo Tia.

"Ese es el único".

"Háblanos de él", dijo Rachel, encorvándose en su silla y cogiendo la galleta número uno.

"Es multirracial, médico", dijo Olivia, señalando a Tia, "y está divorciado. Todos son hijos adultos, así que eso no será un problema. Vive en New Smyrna Beach y tiene su propia casa".

"¿Es guapo?" Preguntó Tia.

"Bueno, si a un hombre se le puede llamar así, a los cincuenta y ocho años, supongo que es guapo", dijo Olivia con una sonrisa.

El silencio se apoderó de la mesa mientras cada uno hacía una pausa para dar un sorbo a su bebida e imaginar cómo era el buen doctor.

"¿Dónde está Eneida?" preguntó Rachel. La galleta número uno desapareció.

"No lo sé. Me he dado cuenta de que su coche no estaba en el aparcamiento", dijo Olivia. "Tal vez ella está trabajando hasta tarde".

"Está en el taller. Están rotando los neumáticos o algo así. Probablemente lo esté recogiendo". Tia dejó su bebida y dirigió toda su atención a Olivia. "¿Has hablado con este hombre?"

"Sí, hemos hablado, enviado mensajes de texto y correos electrónicos. Es realmente encantador. Sobre todo teniendo en cuenta que es médico". Olivia le envió un guiño a Tia.

"¿Qué se supone que significa eso?" preguntó Tia.

"No es un engreído. Parece preocuparse por la gente y no está en el negocio sólo para ganar dinero. Como *algunos* médicos, excluida la empresa actual". Olivia sonrió ampliamente a su amiga.

"Parece que está bien. Pero no te jactes demasiado, sé tú misma", dijo Rachel. Cogió un montón de trufas y se las metió en el bolsillo de los pantalones. Luego dio un mordisco a la galleta número dos.

"¿Qué? ¿Por qué iba a hacerlo?" Olivia parecía sorprendida por la idea.

"Espero que te des cuenta de que las cosas han cambiado mucho desde que salimos en el instituto y la universidad, y no necesariamente para mejor". Rachel hizo girar su pajita entre los cubitos de hielo, observando cómo la nube de azúcar subía y bajaba. "¿Has tenido siquiera una cita desde que perdiste a tu marido?"

Olivia se incorporó y miró por debajo de la nariz a Rachel. "Claro que sí. Salí mucho después de que el más joven se fuera a la universidad. Todos los niños estaban fuera de casa, así que era libre de hacer lo que quisiera. Salí *con muchos* hombres. El énfasis en las citas, nada serio". Olivia hundió su pajita de arriba abajo en su té helado. "Te olvidas de que dije que no había tenido una cita en muchos meses".

"Sí que lo dijo", dijo Tia, echando la mano atrás para comprobar el estado del moño que descansaba en su nuca.

"De acuerdo, lo siento. Es que no quería que te escandalizaras si el buen doctor te proponía unos tragos nocturnos en su maravillosa casa", dijo Rachel, dando un rápido sorbo a su té.

"Enviudé hace un montón de años. Por supuesto, he salido y sé lo que pasa en el mundo que me rodea. No soy estúpida". Olivia tiró indignada de su chaqueta, sentándose un poco más recta. "Ahora bien, serías *tú la que se llevaría* unos cuantos sustos si estuvieras en la escena de las citas".

"Probablemente sí", admitió Rachel. "No puedo imaginarme saliendo con nadie más que con Joe. Mi dulce y considerado hombre".

"Señoras, pidamos otra ronda antes de vaciar nuestras copas", sugirió Tia antes de que la tensión aumentara más.

Pero Olivia no había terminado. "No me conoces lo suficiente como para saber mi historial de citas. Últimamente he tenido un periodo de sequía. Parece que no encuentro el tipo de hombre adecuado con el que quiero salir. Así que estoy explorando otras opciones", explicó. "Soy muy selectiva cuando se trata de con quién paso el tiempo".

"Olivia, te deseo lo mejor con tu nuevo hombre. Pero eres tan dulce y maternal que no quiero que te hagan daño", dijo Rachel, inclinándose hacia su amiga.

"He hecho los deberes. Todo irá bien", dijo Olivia.

"Tomaré otro", dijo Tia al camarero cuando pasó cerca. "Ellos también quieren uno.

"Y otro plato de galletas", dijo Rachel. Ella misma se había comido todo el primer lote.

Mientras el camarero se retiraba a por más bebidas, Rachel tuvo una idea. "Entonces, Tia, ¿ hay de tu vida amorosa?"

Tia casi se atragantó con el último trago de su bebida. "Bueno, todavía inexistente. Y no estoy buscando, como he dicho antes".

"¿Por qué no?" Preguntó Olivia.

"Estoy demasiado ocupada. No tengo tiempo para dedicar a una relación. Si ese hubiera sido mi enfoque, ¡todavía estaría casado!"

"Lo entiendo", dijo Olivia. "Pero *estoy* lista para un hombre en mi vida. Sólo quiero el apoyo de mis amigas".

"Lo tienes", dijo Tia.

"Yo también. Estoy contigo", dijo Rachel.

"Eso es todo lo que quería oír". Olivia lanzó una sonrisa a todas.

Cuando llegaron las bebidas, todas brindaron por la nueva relación de Olivia.

SIETE

RACHEL SE METIÓ en la cama junto a Joe. Era tarde y se sentía algo borracha. A decir verdad, se sentía bastante ebria, pero no había tomado ninguna bebida alcohólica en toda la noche. Sólo té helado y dulces. Entonces, ¿por qué le daba vueltas la cabeza?

Intentó acomodarse para dormir bien, pero tuvo un comienzo difícil. Finalmente, pudo adormecerse y caer en un sueño tranquilo. Pero, pasadas las tres de la madrugada, sus sueños le muestran una escena de bazar. La gente gritaba y se empujaba dentro de un vagón de metro. Parecía que algunos empujaban para salir, al mismo tiempo que otros pasajeros intentaban meterse dentro desde la estación de carga. Ante sus ojos se producía un terrible aplastamiento, con brazos y piernas agitándose por todas partes, incluso algunos sobresaliendo de la puerta después de que ésta se cerrara. La boca gritona de un hombre creció tanto que se tragó toda la escena. Rachel se despertó con un sobresalto.

El corazón de Rachel hacía la samba en su pecho y sentía calor. Al girar la cabeza hacia la puerta, notó que una niebla y una figura comenzaban a formarse en su interior. A partir de unas pocas gotas, la imagen se expandió en todas las direcciones hasta que los elementos tomaron la forma de una mujer. Rachel se dio cuenta de que se trataba de un espíritu cuando se acercó a la cama, deteniéndose en paralelo. El espíritu tenía el cabello negro y rizado ondeando hasta los hombros, y los labios se movían como si intentara hablar, pero no se oía ningún sonido. De repente, reconoció de quién se trataba.

"¡Eneida!" Rachel se sentó en la cama, mirando fijamente. Cuando el espíritu habló por segunda vez, la escuchó.

"Quería despedirme".

Sorprendida y estupefacta, la boca de Rachel estaba seca y colgando abierta mientras agarraba las sábanas entre ambas manos. Se quedó mirando la imagen de Eneida.

"¿Qué ha pasado?", dijo en voz baja.

"Te quiero, amigo mío".

Entonces el espíritu de Eneida se disipó.

Oh, cielos, fue todo lo que Rachel pudo pensar. Darse cuenta de que Eneida estaba muerta, le dio de repente otra explicación para el olor en el pasillo que Penélope había mencionado. Se había olvidado de pedirle a Joe que subiera a buscar la causa.

"¡Joe!" La mano de Rachel salió disparada hacia su marido, dándole un puñetazo en las costillas mientras él estaba de espaldas a ella.

Los ojos de Joe se abrieron de golpe y se abrieron de par en par, como reaccionaría cualquier hombre que se hubiera sobresaltado de un sueño profundo.

"¡Despierta!" gritó Rachel frenéticamente, empujando a Joe.

"¿Qué ocurre? ¿Hay un ladrón?" Joe se frotó los ojos y se volvió hacia su mujer. "¿No puede esperar esto hasta la mañana?"

"¡No!" ¿Estaba el hombre loco? "¡Eneida está muerta!"

Joe miró a su mujer en la semioscuridad. Por su expresión, no parecía demasiado impresionado o preocupado por sus declaraciones.

"Así que soñaste que moría... Puedes contármelo todo por la mañana".

"¡No! ¡Estaba aquí!"

Joe miró sin comprender a Rachel y luego giró la cabeza en dirección contraria para leer el reloj. "Son las tres y media. ¿Qué es, que está muerta o que acaba de llegar? Decídete y vuelve a dormir. Así como yo".

"Se me olvidó decirte que fueras a averiguar por qué hay un hedor en su pasillo", dijo Rachel, sacudiendo a su marido mientras él intentaba volver a dormir. "Es Eneida. Lo sé. Está *muerta*".

Joe dejó escapar un largo suspiro mientras cerraba los ojos. "Bien. Iré a oler por la mañana. Ella no va a ir a ninguna parte antes de eso si está muerta".

"No estoy soñando y no estoy bromeando. Y no quiero esperar hasta la mañana", dijo, enfatizando cada palabra. "Tenemos que ir a su unidad, *¡ahora mismo!*" Empezó a tirar de su brazo.

Joe abrió los ojos y sacó su cuerpo de la cama. "Todo lo que puedo decir es que más vale que esté muerta cuando subamos o tú serás el muerto por despertarme".

"Sé que no quieres decir eso".

"Más vale que no sea uno de tus sueños".

Rachel recordó de repente su sueño sobre la persona muerta y la sangre roja de neón que goteaba por la pared. "Joe. El sueño. ¿Recuerdas el sueño que tuve?"

Joe detuvo su desfile hacia el baño justo antes de llegar a la puerta. "Oh, sí. El cadáver".

"Era Eneida con la que soñaba", dijo Rachel a su espalda.

"Déjame terminar aquí y me pondré los jeans".

Rachel se puso un vestido sobre el camisón y se calzó un par de chanclas. Salieron por la puerta en tres minutos y se dirigieron a la oficina. Con manos temblorosas, Rachel abrió la puerta de la oficina, localizó el juego de llaves correspondiente a la unidad de Eneida y se dirigió al ascensor con Joe.

Cuando salieron del ascensor, el olor en el pasillo no era agradable, olía como una perrera mezclada con algo más. Rachel le dio a Joe las llaves para que abriera la puerta. Se preparó para la escena que había al otro lado. Cuando la puerta se abrió, la unidad estaba demasiado oscura para ver nada hasta que Joe encendió el interruptor de la pared junto a la puerta. Lo que se encontró con sus ojos fue espantoso.

"Oh, mi..." Rachel murmuró tan suavemente que Joe apenas oyó sus palabras.

"Esto es malo. Voy a llamar al 911", dijo Joe, sacando su teléfono del bolsillo trasero.

Todo lo que Rachel podía hacer era contemplar la escena que tenía ante sí, con los labios entreabiertos y las manos apretadas. Los muebles estaban volcados, las lámparas rotas en el suelo y los animales descansaban tranquilamente en cajas en medio del salón. Rachel se fijó inmediatamente en la sangre en forma de abanico que goteaba de la pared al suelo. Exactamente como en su sueño, pero no de color rojo neón. Evidentemente, aquí había ocurrido algo horrible, pero ¿dónde estaba Eneida?

"No veo a Eneida, Joe".

Rachel gritó su nombre, pero no hubo respuesta. De hecho, tenía miedo de avanzar, sus rodillas temblaban de miedo por lo que vería.

Joe dio la información a la centralita en su teléfono mientras se dirigía al dormitorio más cercano. "Viene la policía", dijo, mirando de nuevo a Rachel. "Buscaré a Eneida en el dormitorio. Tú deberías permanecer aquí". Colocó el teléfono de nuevo en su bolsillo trasero.

Mientras Joe iba a investigar el dormitorio, Rachel respiró superficialmente, cuadró los hombros y se dirigió hacia las cajas. Se preguntó cuánto tiempo llevarían los pobres encerrados. Había cuatro jaulas para gatos, pero sólo había tres dentro de ellas. El cajón grande era para el perro. El *pobre perro debe de ser muy desgraciado*, fue lo primero que pensó Rachel cuando se agachó para abrir la jaula del perro. Mirando a un lado, Rachel vio a Joe y al perro salir del dormitorio.

"Encontré al perro", dijo Joe. "No es un gran perro guardián, ¿verdad?"

"Bueno, me pregunto qué habrá en su caja. Hay algo aquí", dijo Rachel mientras abría el pestillo.

Un pie y una pierna descalzos y ensangrentados salieron de la caja. Rachel gritó. Joe la apartó con un rápido movimiento, sujetando su cabeza contra su pecho para que no pudiera mirar la espantosa escena. Acallando los sollozos que empezaron, meció a su mujer en brazos reconfortantes y le acarició el cabello.

"Aquí, vamos a la cocina", sugirió Joe, atrayéndola a través de la sala de estar y el comedor, y luego a la cocina. "Siéntate en la silla. Te traeré un poco de agua".

Rachel inclinó sin emoción la cabeza hacia Joe. "Tengo mucha sed".

Joe le trajo un vaso alto de agua. "Bien, siéntate ahí hasta que venga la policía. Voy a bajar a recibirlos, y me llevaré al perro conmigo". Joe agarró el collar del perro para guiarlo, aunque parecía lo suficientemente dócil como para seguirlo. Joe volvió a mirar a Rachel al pasar por la puerta. Tenía la cabeza apoyada en la pared y el rostro inexpresivo por la conmoción.

En pocos minutos, todos los presentes en el edificio oyeron el grito de las sirenas cuando llegaron los coches de policía y la ambulancia. No pasó mucho tiempo antes de que una hilera de fornidos policías, vestidos con uniformes verdes, entrara corriendo en la unidad. Dos miraron a Rachel mientras pasaban a toda prisa, y otros cuatro se adelantaron. Rachel seguía pegada a la silla de puro horror por lo que había visto.

Otros dos hombres grandes entraron en el apartamento. El primero era un joven apuesto. Se paró bajo el arco de la cocina, con la cabeza justo debajo de la parte superior, mirando a Rachel. El segundo hombre continuó hacia donde los otros hombres estaban de pie alrededor del cuerpo.

"Soy el detective France", le dijo a Rachel, mientras más hombres con uniformes verdes entraban detrás de él en la sala de estar. Su cabello oscuro y sus cejas negras como el azabache enmarcaban unos hermosos ojos azules. "Necesitaremos tomarle declaración".

"Te recuerdo", dijo Rachel, señalándole con el dedo. "Me encontré contigo unas cuantas veces. Salías con mi amiga, Nightingale, en ese momento. Antes de que me mudara aquí".

Sonrió al mencionar el nombre. "Sí, a mí también me resultas familiar. Rachel, ¿verdad?"

"Rachel Barnes".

"Nightingale es ahora mi esposa".

"Eso es maravilloso", dijo, y luego comenzó a balbucear.

"Tuve un sueño. No sabía que era Eneida lo que veía. Pero recuerdo la sangre en la pared, tal como se ve ahora", dijo, moviendo la mano hacia atrás, sin mirar, en la dirección general de la sangre en la sala de estar. Cerró los ojos, se relajó un poco. "Tengo estos sueños. A veces. No muy a menudo. Pero se hacen realidad".

El detective no pareció encontrar sus comentarios fuera de lugar. Rachel supuso que probablemente estaba acostumbrado a que la gente hiciera declaraciones inusuales, así que esto no era algo que no hubiera oído nunca.

"Vi la sangre y un cuerpo, luego todo se oscureció. No pude ver quién... La noche siguiente, esta noche, Eneida vino a verme y se despidió. Desperté a Joe (mi marido) y cogimos las llaves de la oficina (yo administro el condominio)". Rachel dejó caer la cabeza hacia delante para no tener que mirar al detective.

"De acuerdo", dijo. "Vuelvo enseguida".

France se acercó a los otros agentes. Uno de ellos había empezado a tomar fotos del cuerpo dentro de la caja.

"Se ha ido", dijo otro, levantándose del cuerpo tras comprobar su pulso. "El aparejo se ha instalado".

El detective observó que el cuerpo de Eneida había sido arrinconado en la caja, adoptando una rígida posición fetal, con los brazos retorciéndose en un despliegue antinatural alrededor de su cabeza. Los agentes le informaron de que le habían cortado la garganta, lo que explicaba la salpicadura de sangre en la pared procedente de la arteria lacerada. En consecuencia, su ropa estaba muy manchada y sus rizos oscuros tenían una costra de sangre seca. France volvió con Rachel.

"¿La encontraste en la caja?"

"Sí. La abrí porque pensé que el perro estaba dentro y necesitaba salir", dijo. "La pierna y el pie de Eneida salieron, todo ensangrentado. Fue asqueroso".

"Seguro que sí", dijo France cuando Joe volvió a entrar en la unidad con el perro. "¿Y tú eres Joe? Nos dejaste entrar abajo".

"Sí, señor, Joe Barnes". Extendió la mano al oficial. "Este es el perro de Eneida, la persona fallecida de allí", dijo, señalando con la cabeza la dirección del cuerpo. "Lo llevé afuera para que hiciera sus necesidades. No se sabe cuánto tiempo lleva aquí".

"Lo entiendo. Huele a tiempo", dijo France. "Tendremos que llevárnoslo a él y a todos los demás animales como prueba".

"¡Oh, no, no puedes llevarte los animales de Eneida!" gritó

inmediatamente Rachel. "¡Ella estaría devastada al pensar que sus mascotas fueron llevados a la perrera!"

"Lo siento, pero tenemos que llevarlos. Una vez que el laboratorio los haya revisado en busca de posibles pruebas, irán a la Sociedad Protectora de Animales. Puede recogerlos allí", dijo el detective.

"Oh, no...no...no...", dijo Rachel, sacudiendo la cabeza. "Esto es cada vez más horrible. Más terrible. ¿Es esa una palabra?"

Joe miró a su mujer, que evidentemente se tambaleaba por los acontecimientos. "No estoy seguro, cariño. No te preocupes. Reclamaremos los animales cuando sean liberados, ¿de acuerdo?"

"De acuerdo", dijo ella, asintiendo con la cabeza. Lo que dijera Joe estaba bien.

"Disculpen, amigos", dijo el detective France mientras se alejaba con su teléfono.

La pareja vio cómo entraban más personas con diferentes uniformes, llevando una camilla. Siguieron hasta donde se encontraba el cuerpo. Todos los uniformados eran altos y grandes. Los hombres eran corpulentos, sin duda. Incluso las mujeres eran altas y grandes. Rachel pensó que todos ellos parecían levantar pesas y tener una doble dosis de esteroides. Al ser de baja estatura, de repente se sintió transportada al mundo de los gigantes.

Cuando el detective regresó, tenía instrucciones para la pareja.

"He llamado a una matrona y vendrá enseguida", dijo. "Vosotros dos tendréis que ir a vuestro piso y darle la ropa que lleváis puesta".

Rachel parecía alarmada. "¿Por qué? ¿Somos sospechosos?"

"No, pero su ropa es una prueba", dijo. "Ambos recorrieron la escena del crimen, así que pueden haber recogido pruebas valiosas que nos ayudarán a atrapar a la persona que hizo esto".

Los ojos de Rachel se dirigieron a su marido.

"No hay problema", dijo Joe. "Estamos encantados de hacer cualquier cosa para ayudar".

"¡Murphy!" El detective France llamó a los agentes uniformados y luego se volvió. "El cabo Murphy les acompañará a su apartamento".

El cabo Murphy se acercó al grupo reunido alrededor de las jaulas. Era un joven alto, pelirrojo y con rostro de pecas. Y guapo, no pudo evitar pensar Rachel, a pesar de las circunstancias.

"Llévalos a su unidad de condominio. Peggy está en camino para recoger la ropa", dijo el detective.

"Sí, señor", respondió. "Vamos, amigos. ¿Cuál es el número de su condominio?"

"Cuatro treinta y cuatro", dijo Joe.

"Iré a tu oficina más tarde, después de que abras", dijo France a Rachel. "Vamos a estar aquí un rato. Nadie podrá tener acceso a este lugar hasta que la unidad de la escena del crimen lo despeje y el equipo de materiales peligrosos venga a limpiar."

"Entendido", dijo Joe. "Vamos, Rachel, vamos a casa."

Rachel siguió a Joe, mirando con tristeza al perro. "Pronto, cariño", susurró.

Bajaron por el ascensor en silencio con el diputado.

Poco después de entrar en su unidad, apareció una mujer fornida que llevaba bolsas de papel. Llevaba un uniforme verde como todos los demás.

"Soy Margaret Scott. Pueden llamarme Peggy", dijo. Con el cabello castaño recogido en una cola de caballo y sin maquillaje, daba la apariencia de lo que uno podría imaginarse como un guardia de prisión.

Rachel no creía que el nombre de Peggy le conviniera. Parecía más bien un Arnold, como en Schwarzenegger. Los bíceps de la mujer saltaban por debajo de las mangas de un cuarto de largo, y tenía unos hombros a la altura.

"Tú", dijo Peggy, señalando a Joe, "ve con Murphy. Yo me quedo con éste. Los dos tendréis que desnudaros y darnos vuestra ropa".

Rachel sintió inmediatamente que el corazón se le metía en la garganta.

Joe condujo a Murphy al dormitorio después de que Peggy le entregara al agente unas bolsas de papel.

"¿Dónde quieres hacerlo?" preguntó Peggy, mirando a Rachel mientras estaba de pie, incómoda, en la cocina.

"Uh, ¿tengo que hacerlo?"

"Sí, así es".

"¿El baño?"

"Me parece bien", respondió ella. "Siempre que sea lo suficientemente grande para los dos".

"Es por aquí", dijo Rachel, caminando por la esquina hacia el baño.

Una vez dentro, Rachel tuvo ganas de dar un portazo. ¿Por qué no podía quitarse la ropa y entregársela al agente? Rachel se preguntó si el oficial iba a ver cómo se desnudaba. Seguramente le daría la espalda. Pero, no, ese no era el caso. La oficial Scott se mantuvo firme frente a Rachel, con las manos apoyadas en las amplias caderas, esperando a que Rachel hiciera el primer movimiento.

Lentamente, Rachel recogió su vestido en las manos y se lo puso por encima de la cabeza. Debajo llevaba un camisón. "¿También necesitas esto?"

"No creo que sea necesario", dijo la oficial Scott. "Sin embargo, necesitaré sus zapatos".

Rachel le entregó el vestido. El policía lo dejó caer con

soltura en una de las bolsas de papel. Rachel sacó los pies de las chanclas, se agachó para recogerlos y se los tendió a la mujer mayor.

"Aquí tienes, Peggy", dijo Rachel, dejando caer sus zapatos en la bolsa.

Para horror de Rachel, Scott sacó una pequeña cámara y le dijo que se pusiera de pie con las manos a los lados. Ella hizo lo que le dijo, mientras la mujer la fotografiaba, por delante y por detrás, de la cabeza a los pies, con las palmas de las manos hacia arriba, con las palmas de las manos hacia abajo, y todo lo demás, hasta que todo el cuerpo de Rachel quedó registrado como prueba. Se sintió violada por la experiencia.

"Se le notificará si puede recoger su ropa... o no", dijo la agente mientras se giraba para abrir la puerta. Rachel cogió rápidamente una bata de baño del gancho adjunto y se lo puso. Resulta que era uno de los de Joe, así que la bata de baño de rizo gris colgaba del suelo.

Cuando salieron, Joe y Murphy ya habían terminado de desvestirse. Su marido estaba de pie, descalzo, en medio del salón, con uno de sus albornoces, el rosa. Su favorito con volantes y encaje. Pensó que tenía un aspecto realmente ridículo vestido con su bata, con el dobladillo que apenas le llegaba a las protuberantes rodillas. Rachel sacudió la cabeza al verlo.

"¿No pudiste encontrar un bata de baño?", preguntó.

"¡Estás usando el mío!", dijo. "No estaba preparado para necesitar una bata de baño a la carta".

"Bien, amigos", dijo el cabo Murphy, "los dejaremos ahora para que puedan dormir un poco".

Joe y Rachel miraron al oficial como si su cabello hubiera pasado de rojo a negro.

¿Qué sueño?

OCHO

TRAS SER DESPERTADOS por las sirenas de la policía, seguidas de la ambulancia, todo el condominio bullía al día siguiente por el disturbio de la madrugada. No hacía falta mucho para que los residentes se agitaran, pero con algo de carne que masticar, se desató todo el alboroto. Cualquiera que tuviera movilidad acudía a la oficina para conocer los detalles. Los que no eran capaces de personarse llamaban por teléfono. Fue una mañana directamente del infierno para Rachel. Y ella no estaba en la mejor forma para manejar la embestida.

Rachel tenía un fuerte dolor de cabeza. Buscó a tientas en el cajón de su escritorio y trató de encontrar un poco de ibuprofeno. Hoy necesitaba algo de verdad. No sabía si esto serviría de algo. Cuando levantó la vista, Penélope estaba entrando por la puerta. Rachel la miró fijamente a los ojos.

"Por Dios, niña, no te ves muy bien".

"No soy bueno. Encontré su cuerpo". Con esa declaración fuera de su boca, se dejó caer en la silla.

"Lo sé. Me asomé a la puerta después de escuchar las

sirenas. No fue difícil imaginar lo que pasó". Penélope bajó lentamente su cuerpo a otra silla.

"Probablemente la policía querrá hablar contigo", dijo Rachel, acercándose a la mini nevera que había detrás para coger agua embotellada.

"Ya lo han hecho. Les di mi declaración".

Los ojos de Rachel la miraron con esperanza. "¿Has visto u oído algo?", le preguntó después de tragarse la pastilla. Cuando empezó a beber, la sed se apoderó de ella y se terminó la mitad de la botella.

"No, nada. Estaba profundamente dormido hasta que sonaron las sirenas. Incluso yo puedo oír las sirenas. ¿Quién crees que la asesinó?" Los ojos de la mujer estaban líquidos y llenos de preguntas. "Me da miedo pensar que una de mis vecinas haya sido asesinada".

"Sí, lo es. Para todos nosotros. Y no puedo imaginar quién la habría matado, para responder a tu pregunta". Rachel seguía procesando la situación, haciendo un esfuerzo por ser cordial con todos los inquilinos. Comprendía que estaban alarmados.

La puerta del despacho se abrió y entró el detective France. Saludó con la cabeza a las mujeres antes de hablar.

"Me gustaría hablar con usted, Sra. Barnes".

"Ahora te dejo sola", dijo Penélope rápidamente, dándose cuenta de que tenía que irse. Se levantó de la silla y salió por la puerta. Rachel sabía que la anciana estaba tentada de poner la oreja en la puerta desde el otro lado. *Con suerte, se lo pensaría mejor y volvería a su apartamento.*

"Toma asiento", ofreció Rachel. "¿Quieres agua o café?"

"El agua estará bien", dijo, tomando asiento frente a Rachel.

"Es lo menos que puedo hacer". Rachel le entregó al detective una botella de agua de la nevera. "Entonces, ¿qué está pasando?"

"El médico forense ha dictaminado la muerte de la mujer

como un homicidio. Le cortaron la garganta después de que sufriera una paliza. Fue brutal", dijo, dando unos tragos de agua. "El agresor utilizó un objeto para golpearla antes de matarla. Especulamos que fue para debilitarla. No encontramos ese objeto en la escena. La hora de la muerte fue probablemente menos de veinticuatro horas antes del descubrimiento del cuerpo".

"¿Tienes alguna idea de quién ha podido hacer algo tan horrible?" Rachel necesitaba saber si los otros residentes estaban en peligro.

"Todavía no. Déjeme preguntarle algo", dijo, inclinándose hacia adelante en la silla. "¿Esta mujer enjaulaba rutinariamente a sus gatos, sabe algo?"

"No lo sé con seguridad, pero supongo que los dejaba sueltos. Era una amante de los animales, así que no creo que quisiera que sus gatos estuvieran confinados. ¿Cuál sería el propósito de eso?" Dijo Rachel. "También solía recibir quejas por el ruido que provocaban los gatos, así que dudo que estuvieran enjaulados".

"¿Salía con alguien?"

"No que yo sepa. Y estoy seguro de que lo habría sabido". Eran amigas íntimas. Ella lo habría sabido. Al menos eso pensaba ella. "Voy a ir a la comisaría hoy para dar una declaración completa. Joe también".

"¿Tenía enemigos?"

"Puede que, a algunas personas de otros refugios, como los de matanza, no les gustara su activismo, pero no me consta que tuviera enemigos". ¿Quién podría odiar a Eneida tanto como para matarla? Eso era un imposible para Rachel.

"¿Qué tipo de activismo?"

"Trabajó para que todos los refugios se no convirtieran en un matadero, como el suyo. Verás, puede ser más rentable ser un refugio de sacrificio, pero no es humano. Eneida estaba a favor del trato amable a los animales".

"Ya veo". El detective se sentó de nuevo en la silla y se quedó pensativo, con la mirada puesta en el techo. "¿Estaba ansiosa por algo que sucediera en su vida?"

"En realidad, las cosas le iban muy bien. Había contratado a un hombre para que llevara el refugio hace un año, así que tenía más tiempo libre. No me imagino a nadie con un motivo importante para matarla", dijo Rachel, mirando con los ojos muy abiertos al detective. "Era una buena persona, una amiga".

"Por favor, anote el nombre de esa persona y su información de contacto, el hombre del refugio", dijo el detective, poniéndose de pie. "Y el nombre y la dirección del refugio".

"Ciertamente".

"Le haré saber todo lo que se me permita a medida que el caso avance. No puedo ser específico sobre un caso en curso. Si se te ocurre algo que pueda ser útil, llámame".

"Lo haré", dijo ella, escribiendo el nombre y la información de Jorge en un papel y pasándoselo por el escritorio. "¿Cuándo podemos reclamar los animales?"

"Pronto. Tal vez en dos días, diría yo".

"Bien".

La detective salió de su despacho, dejando a Rachel pensando en los acontecimientos de la noche anterior.

NUEVE

CUANDO RACHEL PENSÓ que todo el mundo había entrado y salido, entró Loretta. Iba impecablemente vestida con su habitual traje de pantalón, este de color amarillo limón, aunque la temperatura era de más de noventa grados.

"Rachel, querida, pareces cansada", dijo Loretta mientras se sentaba frente a Rachel

"Anoche no dormí mucho". Esa fue ciertamente una declaración honesta.

"Puedo entenderlo". Loretta miró compasivamente a Rachel. "Eneida era tu amiga, ¿no?"

"Sí. Así que, estoy más que un poco molesto por todo esto". Rachel se hundió en su silla. "No puedo imaginar quién querría su muerte".

"Hay un montón de enfermos vagando por ahí. He tenido encuentros con más que mi cuota de degenerados. Un detective de la policía rara vez se asocia con gente sana cuando está en el trabajo".

"Me lo imagino. Deberías escribir un libro".

"Lo hice, pero ninguno de los editores lo aceptó porque

reconocían a algunos de los personajes, a pesar de los cambios de nombre", dijo Loretta, cruzando las manos en su regazo. "Al parecer, las noticias de mis investigaciones recorrieron un amplio circuito".

"Así que ahora estás aquí, jubilada y disfrutando de la vida", dijo Rachel.

"Sí. Pero este asesinato en nuestro edificio me tiene perturbada", dijo Loretta. "Me pregunto si podría haber otro atentado contra la vida de alguien".

"¿Tienes miedo de que alguien de tu pasado venga a buscarte?" Ese pensamiento no había entrado en la mente de Rachel hasta ahora. Todo lo que necesitaba era que un detective de alto perfil fuera asesinado en el condominio. Los titulares serían sensacionales.

"Me codeé en secreto con algunos hombres muy, digamos, influyentes. Y muchos fueron a la cárcel por mi culpa. Todo es posible", dijo Loretta, bajando la mirada a sus cuidadas manos. "Es difícil saber quién puede querer vengarse al salir de la cárcel".

"Loretta, tenemos un edificio seguro. Realmente creo que esto es una situación aislada que no tiene nada que ver contigo". Rachel se sentó más cerca de su escritorio. "No veo ninguna conexión con el asesinato del dueño de un refugio de animales y un ex detective. Es muy poco probable que quien haya cometido este asesinato vuelva. Creo que estás a salvo aquí".

"Si es tan seguro aquí, ¿cómo pudo entrar un asesino?" Las palabras salieron rápidamente.

"Tienes un punto muy bueno. No tengo una respuesta para eso en este momento". Rachel no se sentía bien y estas preguntas para las que no tenía respuestas la estaban incomodando y haciendo sentir un poco insegura. "Tendremos que ver lo que la policía determina que sucedió".

"Tienes razón. No tiene sentido preocuparse por algo sobre

lo que no tenemos ningún control y que bien podría ser aleatorio", dijo Loretta, poniéndose en pie para marcharse. "Sólo pensé en venir a ver qué sabías".

"No hay mucho en este momento. Lo siento".

"Adiós, querida", dijo mientras cerraba la puerta tras de sí.

Por fin sola, Rachel apoyó los brazos en el escritorio, bajó la cabeza y sollozó.

"Sí, sé que la echas de menos", dijo Rachel mientras se arrodillaba frente al perro. Los animales confiscados habían sido liberados de las pruebas, como se había prometido, y enviados a la Sociedad Protectora de Animales. Joe recogió al perro y se lo llevó a casa a Rachel. Luego, Jorge y Joe también reclamaron los gatos y los llevaron de vuelta al refugio de Eneida.

Acarició las orejas del perro y miró sus húmedos ojos marrones, como si buscara una pista para consolarlo. "¿Cómo se llamaba?" Tuvo un lapsus de memoria sobre cómo le llamaba Eneida.

Rachel tanteó el collar en busca de su identificación y finalmente leyó el nombre en la etiqueta. "¡Ah, Rufus! Sí, te queda muy bien, grandullón. *Rufus...*", dijo ella, anclando el nombre en su mente. "Bueno, ahora estás aquí con nosotros, así que tendrás que acostumbrarte a él. Y conocer a Joe. Predigo que lo amarás. Y él te amará a ti también".

Justo a tiempo, Joe entró por la puerta principal de su apartamento, llevando una bolsa de comida. Rufus saltó hacia Joe, con sus grandes patas peludas apoyadas en el pecho del hombre, casi desalojando la bolsa. La lengua de Rufus colgaba de lado mientras parecía sonreír a su nuevo papá.

"Le gustas", dijo Rachel.

“Sí, ya veo. El perro tiene buen gusto”. Joe le dio un codazo a Rufus.

“Tienes que entrenarle para que no salte sobre ti”, dijo Rachel. “A pesar de todas sus buenas cualidades, Eneida no era mucho en el departamento de entrenamiento. No debería saltar sobre la gente. Sobre todo, siendo tan grande”.

“Sí, no es un perro flaco”. Joe rompió el agarre que Rufus tenía sobre él. “Abajo... ¿Cómo se llama?”

“Rufus”.

“Oh, me gusta eso. Rufus”. Joe le dio una palmadita al animal en la cabeza. “Buen Rufus”.

“El buen Rufus necesita comida para perros”.

“Sí, tengo un poco. Lo dejé en el pasillo. Deja que deje esta bolsa en el mostrador y la cogeré”. Joe salió al exterior, donde un pasillo abierto daba a todas las unidades de cada planta, extendiéndose a lo largo del edificio.

“Buen Joe”. Rachel sonrió.

DIEZ

RUFUS SE SENTÓ EN SILENCIO, observando cada bocado de tostada que Joe se llevaba a la boca. El perro se lamió los labios cuando le siguió un trozo de huevo revuelto, con los ojos fijos en el hombre.

"Esto es mío", le dijo Joe al perro. "Todo mío".

Rufus golpeó su cola en el suelo, su rostro decía: "La mía también".

"Oh, hermano, mírense", dijo Rachel mientras pasaba junto a ellos y entraba en la cocina. "No os deis la vuelta o Rufus se tragará vuestro desayuno de un tirón".

"No tengo intención de apartar los ojos de este plato", dijo Joe, tomando una generosa porción de huevo en su tenedor. "¿Qué haces levantado tan temprano?"

"No puedo dormir. No hago más que ver la sangre en la pared y luego me siento miserable", dijo, sacando la jarra de la cafetera y sirviendo una taza de café. "Y Eneida apareció en mis sueños anoche".

"¿Otra vez? ¿Qué ha pasado?"

"Esta vez parecía asustada, como si estuviera desconcertada

por lo que ha pasado. Tengo que rezar por ella". Rachel miró a su marido con los ojos muy abiertos.

"Es una muy buena idea". Joe se metió en la boca el último bocado de tostada y colocó el plato vacío en el suelo de baldosas. Rufus sorbió los escasos restos de huevo y migas. "¿Era religiosa?"

"Bueno, parecía espiritual. En cuanto a lo religioso, no estoy seguro. Era católica cuando era más joven". Rachel se sentó frente a su marido, con una taza de café en la mano.

"Entonces seguro que tienes que rezar algunas oraciones, y yo también lo haré", dijo Joe. Curiosamente, Joe era el más religioso.

"Lo haré".

"¿Y ahora sigue visitándote mientras duermes?" Joe recogió sus llaves y su cartera mientras hablaba.

"Sí. Por eso creo que necesita nuestras oraciones".

"¿Oyes eso, Rufus? Mamá está siendo visitada por tu primera mamá". Joe acarició al perro cuando levantó la cabeza de limpiar incesantemente el plato.

"Realmente no deberías dejarle lamer el plato, Joe".

"¿Cuál es la diferencia? Va a ir al lavavajillas, ¿no?"

"Sí, pero... no importa". Estaba demasiado cansada para discutirlo.

"Bien, me voy de aquí", dijo Joe, caminando hacia la puerta. "Estaré arriba tratando de ver qué pasa con la limpieza después de la pelea que tuvieron los Rogers. Luego veré si hay alguna acción en casa de Eneida".

"Adiós". Rachel permaneció sentada en su silla, ligeramente entumecida por su vida actual.

Joe acababa de salir del ascensor cuando oyó un fuerte portazo. Al mirar por el pasillo al aire libre, vio a Marc Rogers golpeando furiosamente la puerta de su condominio, una y otra vez. "¿Qué diablos estás haciendo?" preguntó Joe mientras se acercaba al hombre.

"¡La puerta no se queda cerrada!" Marc siguió cerrando la puerta hasta que Joe lo alcanzó.

"¡Dejadlo ya! Seguramente la has hecho saltar dando un portazo así". Joe se interpuso entre Marc y la puerta. "Aléjate".

Marc hizo lo que le dijeron, retrocediendo un metro de Joe y de la puerta. Se colocó contra la barandilla que le impedía con seguridad caer varios pisos hacia abajo.

"Sí, has roto la puerta", dijo Joe mientras examinaba los daños. "Tendré que arreglarla o no se cerrará".

"No te molestes", dijo Marc. "No me importa si se cierra o no".

Joe se volvió hacia Marc y se dio cuenta de que su aspecto no era adecuado para el público. Llevaba el cabello desordenado y una camiseta raída sobre unos vaqueros azules recortados. Uno de sus brazos tenía una manga de tatuajes, el otro sólo un corazón. El brazo con la manga parecía estar relacionado con el tema de los moteros, lo que encajaba con un hombre que tenía una tienda de bicicletas. Tenía los pies desnudos.

"Bueno, a tu mujer le gustaría sentirse segura pudiendo cerrar la puerta", dijo Joe. "¿Os habéis peleado otra vez?"

"Sí. ¿Y qué? ¿Tu mujer y tú nunca os peleáis?" La expresión que llevaba estaba llena de rabia y parecía nervioso mientras se pasaba el dorso de la mano por la nariz sangrante.

"No así".

Marc no tuvo respuesta.

"Voy a buscar mis herramientas. ¿Está bien Lola?"

"Sí, ¿por qué no iba a estarlo?" Marc se ponía más tenso cuanto más hablaban.

"Oh, no sé, por tu aspecto supongo que se dio un golpe después de que la golpearas".

"Es una loca", dijo Marc, apartándose para escupir sangre sobre la barandilla de la pasarela. "Creo que estoy perdiendo un diente por su culpa".

"Bueno, no lo escupas ahí abajo sobre alguien", dijo Joe. "Volveré pronto".

De camino al armario de mantenimiento, Joe tuvo que pasar por delante de la unidad de Eneida. La cinta amarilla de la escena del crimen estaba extendida en la puerta. No parecía haber detectives en ese momento. Sentía curiosidad por la investigación, por ejemplo, si ya tenían alguna pista.

Joe llegó a su armario de mantenimiento y abrió el cerrojo. Cuando alargó la mano para girar el pomo de la puerta, vislumbró por el rabillo del ojo a una persona que se acercaba. Era Ruby, ataviada con un agresivo traje de baño rojo que casi hacía juego con el color de su cabello.

"Hola, Joe", dijo Ruby, dándole una brillante sonrisa. "Veo que Rachel te tiene trabajando duro".

"Podrías decir eso, Ruby".

"¿Por qué no vienes a mi casa a tomar una taza de té?" sugirió Ruby, volviendo a colocar la correa caída en su huesudo hombro.

La mujer no tiene suficiente carne en los huesos para mantener la ropa en su sitio, pensó Joe.

"No puedo. Tengo que atender una puerta rota", dijo Joe. "Pero gracias por la invitación".

Ruby volvió a sonreír alegremente. "Cuando quieras, Joe".

A Joe le gustaba Ruby. Sin duda era un personaje, pero él apreciaba esa cualidad. La vio mover sus caderas mientras se alejaba. Los noventa kilos de ella. No pudo evitar darse cuenta de que ya no tenía trasero. Sacudió la cabeza.

Joe regresó al apartamento de los Rogers para reparar la

puerta dañada, llamando con fuerza para que los ocupantes supieran que estaba allí.

"Estoy reparando tu puerta, para que lo sepas", gritó Joe mientras empujaba la puerta. "Santo cielo".

Lo que vio fue un apartamento que parecía que uno de los huracanes del año pasado había vuelto a hacer acto de presencia. Las lámparas estaban de lado, los muebles mal colocados, los cuadros arrancados de las paredes y tirados, y los cristales rotos recogidos en varias zonas del suelo. El apartamento olía a todo lo que Lola había cocinado en los últimos días. La mayor parte de eso también estaba en el suelo. ¿Se estaban tirando comida?

"A Rachel no le gustará esto", murmuró Joe para sí mismo.

Después de haber estado trabajando en las reparaciones durante un rato, Lola salió sigilosamente del dormitorio. Iba vestida de forma presentable con unos pantalones cortos y un top, pero tenía un ojo amoratado y los labios hinchados.

Oh, ciertamente había habido una pelea.

"Hola, Lola", dijo Joe, mirando en su dirección cuando se acercó. "¿Tuviste otra pelea, eh?"

"Nada malo, sólo un poco", respondió tímidamente.

"¿Sí? No me gustaría ver el resultado de una mala", comentó, señalando con la cabeza hacia el salón. "¿Cuándo piensas limpiar ese desastre? ¿O queda algo de la última pelea?"

"Tal vez".

Joe dejó de hacer lo que estaba haciendo y se volvió para mirar más de cerca a Lola. Sin sus magulladuras, Lola habría sido una mujer atractiva. Tenía un cuerpo bastante musculoso, lo que indicaba que había hecho deporte en algún momento de su vida. Sabía que utilizaba la pista de tenis con regularidad. Obviamente, era muy capaz de dar golpes en el rostro de Marc.

"¿Por qué aguantas esto, Lola? ¿Por qué no dejas a Marc?"

Joe estaba realmente preocupado por el abuso, recordando su propia infancia. No era un buen recuerdo.

"¿Dejar? Yo no dejaría a Marc". Sus ojos se agrandaron y cuadró los hombros con indignación. "Es mi marido y lo amo".

Joe giró su brazo hacia la habitación. "Esto no parece amor. Esto parece abuso".

"Marc me quiere. Sólo tiene mal carácter".

"Oh, puedo ver que tiene un temperamento, sin duda. No hay duda". Joe se centró en la puerta de nuevo.

"Cuando llegue a casa, me ayudará a limpiar". Sonrió y soltó una pequeña risita. "Probablemente también me traerá rosas".

"Sí, rosas para tu funeral es más bien". Joe sacudió la cabeza con disgusto, volviéndose hacia ella.

Lola bajó la cabeza y miró hacia otro lado. "Marc me quiere", dijo ella, su voz apenas audible Cuando ella volvió la cabeza, Joe pudo ver lágrimas en sus ojos.

"Lola, no tienes que aguantar sus abusos", dijo Joe, alejándose de la puerta y acercándose a ella. "Hay refugios a los que puedes acudir para protegerte".

Con los ojos desorbitados, Lola se acercó a Joe y lo abrazó. La angustiada mujer se aferró a él, sollozando en su pecho. Joe se congeló en su posición, su cuerpo se convirtió en madera como un soldado de juguete.

"Ahora, Lola, está bien", dijo, dándole torpes palmaditas en la espalda con una mano mientras intentaba desprenderse de su abrazo con la otra. "Toma, ponte recta, límpiate los ojos. No pasa nada".

"No, no lo es". La boca de Lola se abrió de par en par mientras soltaba un lastimero gemido.

"¿Quieres que llame a Rachel? Puedo traerla aquí en un minuto", sugirió. Esto era más de lo que Joe podía manejar. Y era incómodo.

"Nooooo", gimió Lola, con el rostro contraído por el feo llanto. Se volvió hacia el dormitorio y entró de un salto, cerrando la puerta tras ella.

"Espera a que Rachel se entere de esto", murmuró Joe para sí mismo.

Se apresuró a reparar la puerta y salió antes de que Lola se decidiera a salir de nuevo del dormitorio.

ONCE

RUFUS ESTABA LAMIENDO la rodilla de Rachel cuando Joe entró en su despacho. Inmediatamente, el perro dejó de hacerlo y se abalanzó sobre Joe.

"¡Abajo, Rufus!" Joe retiró las patas del perro de su pecho y lo dejó caer al suelo. "Buen chico. Abajo está bien".

"Va a costar tiempo quitarle ese hábito", dijo Rachel.

"Ya lo veo".

"¿Alguna señal de limpieza en el apartamento de los Rogers?"

"En realidad no. Acabo de terminar de reparar la puerta principal".

Rachel se apartó del escritorio, centrándose totalmente en Joe. "¿Qué ocurría con la puerta?"

"Marc lo rompió cerrando de golpe una docena de veces, es mi opinión. Lo atrapé y y evité que hiciera más daño", dijo Joe, acomodándose en una silla al otro lado del escritorio de Rachel.

Rachel le miró interrogativamente. "Eso no tiene sentido". Había elegido la blusa turquesa que llevaba porque hacía resaltar sus ojos azules. Rachel sabía que a su marido le gustaba que se vistiera de azul. Estaba segura de que él lo notaba.

"Lo hace si has visto el apartamento. Tuvieron una pelea y el lugar está destrozado de nuevo. O tal vez todavía. Apuesto a que nunca lo limpiaron después de la última". Se encogió de hombros.

"No puedo permitir que esto continúe. Ese hombre va a matarla si no se hace algo".

"Bueno, no mires a Lola para hacer nada. Lleva un ojo morado y los labios hinchados". Señaló la mini nevera para indicar que quería una botella de agua. "A Marc le sangraba la nariz. Debió de golpearlo porque estaba escupiendo sangre. Dijo que estaba perdiendo un diente".

"Esta situación está totalmente fuera de control. Tiene que dejar a ese imbécil e ir a un refugio", dijo Rachel, dándole una botella de agua a Joe y abriendo una para ella.

"Sí, bueno, esa fue mi sugerencia para ella y ella sólo dice que lo ama. No va a ir a ninguna parte". Joe bebió un largo trago de la botella.

"Tengo que informar a los Morgan sobre sus inquilinos. Probablemente no tengan ni idea de lo que está pasando allí".

"Lo que mejor te parezca".

"¿Y dices que el lugar está destrozado... otra vez?"

"O adicionalmente. Es difícil de decir, pero es un desastre".

Rachel buscó su registro telefónico. "Voy a llamar a los Morgan. Ya he tenido suficiente. Tienen que desalojar a sus inquilinos".

"También pasé por el apartamento de Eneida y no hay ninguna acción allí. No hay policías a la vista".

"El detective France me avisará si pasa algo". Rachel miró a su marido. Él era su sistema de apoyo, siempre calmado y firme cuando ella estaba al borde de una caída emocional. "Pobre Eneida".

"¿Va a haber un funeral?" preguntó Olivia mientras se pasaba un pañuelo de papel por los ojos para no mancharse el rímel.

"Por lo que sé, sí. No he hablado directamente con su hija mayor, pero el detective France indicó que la familia se estaba ocupando de las cosas", dijo Rachel, tomando otro sorbo de su té helado y alcanzando una galleta de cortesía. "Sus hijos están dispersos y su ex marido ha fallecido. La única hija en Florida es Margarita, pero está en Miami. Es difícil para ella organizar algo desde allí".

"No puedo entender quién la mataría", dijo Tia, el top amarillo informal que llevaba acentuando su tez oscura y su cabello negro. "Era una buena persona, amaba a los animales. ¿Por qué hacerle esto?"

"No tengo una respuesta. Todo lo que sé es que hay enfermos por ahí a los que les gusta hacer daño a la gente", dijo Rachel. "Estos últimos días para mí han sido directamente del infierno. Y estoy absolutamente agotada".

Olivia levantó su vaso y sonrió a la camarera la siguiente vez que miró desde la barra. "Bueno, has encontrado su cuerpo. Puedo entender que eso sea molesto".

"¿Molesta? Había sangre en la pared. Se extendía y goteaba hacia abajo. El bastardo le cortó la garganta". Dijo Rachel. "La sangre estaba por todas partes. Fue lo más asqueroso que he visto nunca. Por supuesto, estoy disgustada". El rostro de Rachel hacía juego con el color rojo de su blusa estampada.

Olivia y Tia intercambiaron miradas de preocupación. En un intento de dirigir la conversación hacia otro lado, Tia dijo: "¿Y el refugio? Eneida era la dueña del refugio. ¿Qué sucederá con eso?"

"No lo sé. Probablemente tenía un testamento e hizo provisiones, creo", dijo Rachel. "El refugio era demasiado importante para ella como para no haber hecho algún tipo de arreglo".

Olivia aceptó su té helado fresco del servidor, tomó un sorbo y dejó el vaso. "¿Qué sabes del hombre que dirige el refugio?"

"Veamos, su nombre es Jorge Benítez. Tiene unos cuarenta años, creo. Parece bastante simpático", dijo Rachel, metiendo la mano en el bolso y rebuscando su abanico. "Cuida muy bien del refugio. A Eneida le pareció estupendo, si no, no le habría confiado los animales".

"Tiene que ser un buen hombre", convino Olivia. "Probablemente esté molesto por esta situación".

Una sombra cayó sobre la mesa cuando un hombre se acercó. Las tres mujeres levantaron la vista para ver a Alfred.

"Hola, señoras", dijo con una voz suave y jadeante.

"Hola, Alfred. ¿Cómo estás esta bonita noche?" preguntó Rachel, abanicándose.

"Rosy, simplemente estupendo". El viejo hurgó en sus bolsillos como si buscara algo. "Parece que os lo estáis pasando bien, señoras".

"Sí, así es", dijo Olivia.

Alfred miró de un rostro a otro. No estaba claro qué quería. ¿Quizá esperaba que le invitaran a unirse a ellos?

"Horrible, simplemente horrible lo de la mujer asesinada", dijo finalmente Alfred. "Espero que no tengamos un asesino en serie en las instalaciones".

"Yo no me preocuparía por eso, Alfred", dijo Rachel. "No ha habido ninguna indicación en ese sentido. Estoy segura de que estás a salvo en tu unidad".

Alfred respondió con una risita nerviosa. "Bueno, si tú lo dices, te creo".

"Todo irá bien, Alfred", le aseguró Tia.

"Bien, señoras, que tengan una buena noche". Alfred se

alejó de la mesa, aparentemente satisfecho de no estar en peligro.

"Adiós, Alfred", llamaron todos tras él.

"Vale, me voy al baño de señoras", dijo Olivia, levantándose de la silla. Rachel y Tia se rieron mientras ella se dirigía a los baños, esforzándose por parecer una dama.

"Me pregunto cómo fue la cita de Olivia", dijo Tia.

"Vamos a preguntarle cuando vuelva". Rachel dio un sorbo a su té, sentada tranquilamente en su silla. "Me gustan mucho estas pequeñas veladas que tenemos. Me ayuda a relajarme estando con ustedes dos". *Antes eran tres*, pensó Rachel.

Olivia volvió a la mesa.

Rachel fijó sus ojos en Olivia. "Bien, las dos queremos saber cómo fue tu cita".

"Estuvo bien". Olivia se acomodó de nuevo en su silla.

"Ajá, más, danos más", dijo Rachel. "No puedes decir sólo que fue agradable".

"Bueno, era un caballero..."

"*Abu-rrido*", dijo Rachel.

"No era aburrido. Era respetuoso". Los labios de Olivia se curvaron en una ligera sonrisa. "También era guapo, como en su foto. Parecía que yo le gustaba y él me gustaba a mí".

"¿Vas a salir de nuevo?" preguntó Tia.

"Sí".

"¿Cuándo?" preguntó Rachel.

"Cuando vuelva de su viaje".

"Una historia «posible»", dijo Rachel, dando a su abanico una fuerte sacudida en el aire.

"No, de verdad. Tiene una conferencia médica en Sacramento. Estará fuera una semana". Olivia siguió sonriendo, su placer era evidente. "Cuando vuelva, mi amigo el médico me llamará y saldremos a cenar de nuevo. A la italiana esta vez. Le gusta la comida italiana".

Los ojos de Rachel se arrugaron mientras sonreía a su amiga. "Espero que te funcione. De verdad que sí".

"Tendremos que esperar y ver", dijo Olivia, sonriendo, y luego mirando hacia su regazo mientras sus mejillas se sonrojaban.

"¡Un brindis por una relación en ciernes!" Dijo Tia, levantando su vaso.

"*¡Salud!*"

Rachel entró en el apartamento, sintiéndose un poco triste y luciendo lo que parecía un fuerte zumbido. Intentó no hacer ruido porque, aunque había llegado temprano a casa, Joe seguro que estaba en la cama. Negoció cuidadosamente sobre la alfombra que había sido su perdición anteriormente, no queriendo caer y despertar a su marido de un sueño profundo otra vez.

Pero entonces Rachel no había considerado a Rufus. El perro tenía otras ideas.

Un gigantesco borrón amarillo saltó hacia ella en su afán por saludar a Rachel. La lanzó al suelo con un fuerte golpe, seguido de algunos gemidos. Rufus la besó en toda la piel expuesta, sobre todo en el rostro, mientras se sentaba a horcajadas sobre el cuerpo de Rachel.

"¡Puff, déjame en paz, Rufus!", gritó ella, tratando infructuosamente de apartar al perro. "¡No puedo respirar! ¡Saca tu lengua de mi nariz!"

Rachel podía oír a Joe pisando fuerte en el suelo para rescatarla.

"Yo lo tomaré", dijo Joe, tirando de Rufus por el cuello.

"¡Uf, estoy toda mojada!" Rachel se revolvió y se levantó. "¡Oh, bestia peluda y babosa!" Miró fijamente a Rufus, que se limitó a mover la cola mientras la miraba con adoración.

"Entonces, ¿te has divertido esta noche?" Preguntó Joe.

"Si llamas diversión a hablar de la muerte de Eneida y ser atacada por «Sasquatch»".

Sonrió. "De acuerdo, Rufus, supongo que tú eres el que se ha divertido esta noche. Volvamos a la cama". Joe llevó al perro lejos. "Mamá necesita aseo". Rachel estaba segura de haberle oído reírse después de ese último comentario.

Después de una ducha, Rachel se metió en la cama, lista para dormir bien. Pero eso no ocurrió. Quitó las mantas, esperando que el ventilador de techo la refrescara. Pero eso le dio frío, así que volvió a taparse. Al cabo de unos minutos, Rachel estaba sudando. Por último, adoptó una posición media arriba y abajo con las mantas, dejando una pierna y un brazo totalmente fuera, esperando que eso fuera cómodo para su cuerpo. Y lo fue durante un rato, luego volvió a tener frío. Ah, una de *esas* noches... Finalmente, el sueño se apoderó de ella.

DOCE

CINCO DÍAS después de la muerte de Eneida, el detective France entró en el despacho de Rachel, sorprendiéndola.

Rachel se puso de pie para saludarlo desde su escritorio. "Hola, detective. Pase y tome asiento". Probablemente al detective le pareció que iba a un funeral porque iba toda de negro.

"Gracias". Se sentó en la silla, con aspecto de tener noticias que contar. "Pensé que querrías saber que la hija de Eneida se está haciendo cargo del cuerpo y preparando su incineración".

"¿De verdad?"

"Creo que tuvo que ver con las finanzas. Y el testamento de Eneida".

"Oh, así que sí tenía un testamento... pensé que tendría uno", dijo Rachel, asintiendo. "Ella querría que el refugio fuera atendido después de su muerte".

"Sí, al parecer todo el dinero que dejó en su testamento y en el seguro de vida va a parar al refugio. Se reservó algo de dinero para el entierro de Eneida, pero, dado el gasto, la hija pensó que era mejor la incineración", dijo France.

"Ya veo".

"La hija tiene tu información de contacto. Pensé que querrías que la tuviera, ya que estabas cerca de su madre".

"Sí, gracias. Lo único que sabía era que se llamaba Margarita y que vivía en Miami. Nunca la conocí", dijo Rachel. "Definitivamente quiero estar en cualquier funeral que ella tenga planeado".

"No dijo nada al respecto, pero aquí tienes el número de teléfono de Margarita por si quieres llamarla", dijo France, entregándole a Rachel una hoja de papel. "Y gracias a ti y a Joe por dar vuestra declaración. ¿Entiendes que tuvimos que tomaros las huellas dactilares por motivos de eliminación?"

"Está bien. Lo entendemos. Gracias por el número de Margarita. Desde luego, la llamaré". Rachel colocó el papel en el cajón superior de su escritorio. "¿Alguna noticia sobre la investigación?"

"No demasiado. Suponemos que ella conocía a su agresor y dejó que la persona entrara en el edificio porque no se forzó la entrada en su apartamento. Las únicas huellas dactilares que encontramos fueron las de ella y las tuyas. Y algunas manchadas en el pestillo, que probablemente eran tuyas. Suponemos que quien vino a visitarla era un amigo, porque encontramos dos copas de vino, pero no pudimos obtener ningún ADN para confirmar una identidad ya que las copas estaban destrozadas y contaminadas por los animales".

"Mmm, así que ella conocía a la persona..." A Rachel le pareció interesante.

"¿Conoces a alguien que haya visitado su apartamento? Además de usted".

"No, en realidad no. Y yo tampoco había estado allí desde hacía un par de meses". Rachel miró con un poco de culpabilidad al detective. "Como soy la encargada, a veces evito las cosas. Eneida tenía animales allí arriba y yo ignoraba cuántos o si infringía las normas. Era una amiga y no quería tener que enfrentarme a ella".

"Entiendo. ¿Hay alguien en el edificio con el que fuera amiga?"

"Además de mí, había dos amigas, Olivia Johnson y Tia Patel. Pero ninguna de ellas la asesinó. Olivia es profesora y Tia es médico". Rachel se acercó por detrás a su mini nevera, abrió la puerta y sacó una botella de agua. "¿Quieres un poco de agua?"

"Sí, por favor". Aceptó el agua y giró la tapa. "Gracias".

"Las dos mujeres adoraban a Eneida". Rachel sacó una botella para ella y se sorprendió al ver que era la última. "Por lo demás, ella conocía de forma casual a la gente que vive aquí en el edificio. Pero muchas de estas personas son ancianas, difícilmente capaces de cometer esa violenta escena de asesinato que vi".

"Pero aquí no *todos* son ancianos, ¿verdad?" France se llevó la botella de agua a los labios.

"No, sólo hay que tener más de cincuenta años para vivir aquí", respondió Rachel.

"¿Se te ocurre alguien que esté en el lado más joven y que pueda ser capaz de ser violento?"

"Bueno, sí, puedo. Marc Rogers". No dudó en compartir información sobre la ruidosa y destructiva pareja. "Es dueño de una tienda de bicicletas y abusa de su mujer de forma habitual. Voy a conseguir que los propietarios que alquilan a la pareja los desalojen".

"Me gustaría que retrasara eso por ahora hasta que termine esta investigación. ¿En qué apartamento vive?" France sacó su bloc de notas.

"Octavo piso, apartamento 809".

"¿Justo al lado de la unidad de la víctima? Vale, te avisaré si encuentro algo de interés de él que deba preocuparte", dijo, levantándose.

"Se lo agradezco", dijo Rachel.

"Voy a subir a ver si Marc está en casa", dijo el detective France.

"Gracias por la información que ha compartido". Rachel también se puso en pie mientras el detective se dirigía a la puerta de su despacho y salía. Le llamó a la puerta para que pudiera entrar en la zona del ascensor. Luego se dirigió a su propia unidad para conseguir más agua para su mini nevera.

El detective France sacó del bolsillo el teléfono móvil que sonaba mientras estaba en el ascensor, dirigiéndose a la octava planta. Respondió a la llamada con un rápido "Sí".

"Hola, cariño", dijo una dulce voz. "Estoy planeando espaguetis para esta noche y tal vez algo especial para el postre".

Se rió. "De acuerdo, eso suena bien. Debería estar en casa a las seis".

"¡Genial! Entonces sé cuándo empezar con las albóndigas".

"Te amo", dijo él.

"Te amo", dijo ella.

Salió del ascensor, continuó por el pasillo y se detuvo ante la puerta del apartamento 809. Antes de que el detective pudiera llamar, oyó los gritos de una mujer. Le siguieron ruidos de gritos o sonidos apagados, no estaba seguro de cuál de los dos. Con su adrenalina aumentando repentinamente, France intentó abrir la puerta. Al encontrarla desbloqueada, empujó el interior mientras gritaba: "¡Policía!".

Su visión era clara, ya que la habitación fluía desde la puerta principal directamente al balcón. France vio a Marc asfixiando enérgicamente a su mujer con sus propias manos.

Ella estaba parcialmente doblada hacia atrás sobre la barandilla del balcón. Se dirigió apresuradamente al balcón, pisando con cautela los escombros a lo largo del comedor y el salón, sin estar seguro de si el hombre intentaba asfixiar a su mujer o, además, arrojarla por la barandilla.

Lola empezó a retorcerse con más fuerza bajo el agarre de Marc. Pronto se hizo evidente que Marc había decidido izar a Lola por encima de la barandilla, porque soltó el agarre de su cuello y agarró la parte inferior de sus pantalones cortos con ambas manos, intentando levantarla. Lola le arañó el rostro y gritó con todas sus fuerzas, el sonido rasgando el aire como una sirena.

Ahora en el balcón, France enganchó un brazo alrededor del cuello de Marc, desequilibrándolo. Agarró el brazo de Lola, empujándola hacia él y luego hacia un lado. Ella cayó sana y salva en el balcón. Cuando Marc recuperó la postura, parecía confuso y no se resistió al detective cuando éste tomó el control físico del hombre. France tiró de los brazos de Marc por la espalda y lo esposó.

"Bien, se acabó la diversión. Vas a ir a prisión", dijo France, maniobrando a Marc hacia delante, dirigiéndolo hacia la puerta principal, intentando de nuevo evitar los escombros por el camino.

Volvió a mirar a Lola, que seguía en el suelo del balcón. Cuando estaba a punto de decirle algo, ella comenzó a gritarle.

"Oh, no, ¿qué está pasando?" gritó Lola. Se levantó del suelo del balcón y se deslizó junto a los dos hombres mientras se dirigían a la puerta. "¡No puede llevárselo!"

El detective miró de reojo a Lola mientras seguía haciendo avanzar al enjuto hombre. Empezó a gritar blasfemias a France y a golpearle con los puños. La mayoría de los golpes le daban en los brazos, otros en la espalda.

"Señora, voy a tener que arrestarla si no se tranquiliza", dijo.

"¡Deténgase! Ese es mi marido". Ella continuó golpeando al detective.

"Señora, está usted loca", dijo France, pulsando el botón de comunicación de su cuello para avisar a la central, al tiempo que daba una patada en la pierna a Lola. El encuentro la hizo caer contra la pared. "¡Quédese ahí! No se mueva".

Cuando la central contestó, France pidió ayuda por una situación de maltrato doméstico y se desconectó. Miró a Lola, que estaba congelada contra la pared, deslizándose hacia abajo hasta que llegó a descansar sobre sus talones.

"Siéntate", le ordenó a Marc, empujándolo a una silla beige raída que parecía haber sido adornada con manchas de sangre de sus altercados pasados. "No te muevas".

France se volvió hacia Lola, que ahora estaba encogida en el suelo. Sacó un juego de bridas, se acercó al brazo de Lola, tiró de ella hacia arriba y alrededor, y luego sujetó las bridas en sus muñecas.

"¿Satisfecha ahora?" preguntó France.

Al ver a su mujer sujeta, Marc se puso frenético. Saltando de la silla, pateó la espalda de France. El detective se dio la vuelta y los dos hombres cayeron al suelo, peleándose en la alfombra entre los cristales rotos y la comida. Durante todo el altercado, Lola gritó como una loca. Si no hubiera pedido ya refuerzos, los vecinos seguramente habrían llamado a la policía.

France pudo por fin contener los retorcimientos de Marc sentándose sobre su pecho. Miró a Lola, que se mantenía firme con la espalda apoyada en la pared. Sólo esperó unos segundos más antes de que los refuerzos irrumpieran por la puerta. Seis hombres fornidos y una mujer formidable entraron, reuniéndose rápidamente alrededor de France y Marc.

"Ponga a estos dos bajo arresto". Levantándose del cuerpo

de Marc, señaló a Marc. "A él, intento de asesinato, abuso doméstico y agresión a un oficial de policía". Señalando con el pulgar a Lola, continuó. "Ella, asalto a un oficial".

France salió del apartamento, ajustándose los hombros mientras esperaba el ascensor. Fue entonces cuando se dio cuenta de que había captado el hedor del apartamento de los Rogers. Dos agentes más salieron con los paramédicos. Su plan era hacer un trabajo corto con el informe y dirigirse a casa para tomar una ducha, una cena de espaguetis.

Y el postre.

TRECE

PENÉLOPE FUE la primera en entrar en el despacho de Rachel a la mañana siguiente, apenas le dio tiempo a sentarse.

"Vi a los policías sacando a Marc esposado, y a Lola también. ¿Qué ocurrió?"

Rachel se debatió sobre cuánto quería contarle a la mujer. No necesitaba que todo el complejo contara chismes sobre Marc y Lola.

"Es difícil decirlo ahora mismo. No tengo todos los datos". Rachel esperaba que eso satisficiera a la mujer.

"Oí a Lola gritar como si alguien le estuviera cortando los dedos de las manos y de los pies", dijo Penélope. "Fue horrible. ¿Crees que Marc le estaba cortando los dedos?"

"Lo dudo mucho. Recibí varias llamadas sobre el ruido", dijo Rachel, pulsando el botón de la cafetera que estaba encima de la mini nevera. Necesitaba un poco de cafeína.

"Era algo más que ruido. Lola gritaba a pleno pulmón. ¿Sabes cómo gritan los niños cuando juegan? Era así. Estridente. Un chirrido de oídos. Sé que Marc intentaba matarla", dijo Penélope con seguridad.

"Dejaremos que la policía lo determine. No empecemos a dar vueltas a algo de lo que no estamos seguros". Rachel levantó las cejas para indicar que hablaba en serio.

"Oh, por supuesto. Vi a Marc en el balcón", dijo Penélope, decidiendo sentarse para continuar su relato. "Estaba asfixiando a Lola antes de que llegara ese detective. Sé que Marc estaba preparado para tirar a Lola hasta que el detective perturbó su plan".

Rachel volvió los ojos hacia Penélope con incredulidad por lo que estaba escuchando. *¿Qué le pasaba a ese hombre?*

"Si el detective no hubiera aparecido, ella estaría salpicada como un melón por toda la acera de abajo", dijo Penélope. "Esposó a Marc, como en la televisión. Lo vi todo desde mi balcón".

Rachel estaba segura de que Penélope había visto toda la escena con regocijo, ya que vivía al lado de la pareja enemistada y se complacía en informar sobre las actividades de los Rogers. Por desgracia, el hecho de haber visto cómo esposaban a Marc no haría más que aumentar sus chismes.

"Lola estuvo berreando todo el tiempo. Podía oírla a través de las paredes. Pero me sorprendió que la sacaran del apartamento atada con una cremallera. Me asomé por la mirilla de la puerta", admitió con cierto vértigo. "¿Qué crees que causó eso?" Penélope estaba sentada en el borde de su silla, mirando atentamente a Rachel en busca de respuestas.

"No lo sé, querida". No iba a admitir que France le había contado toda la pelea.

"Seguro que mató a Eneida. Es un hombre violento, ese Marc", dijo Penélope con un gesto afirmativo. Se apretó el jersey alrededor del pecho.

"Por favor, no vayas por ahí diciendo que sospechas que mató a Eneida", dijo Rachel. "No tenemos pruebas de eso".

"No diré nada si no quieres que lo haga", dijo Penélope. "Pero creo que lo hizo".

"El pensamiento y los hechos pueden variar mucho. Ni siquiera sé de ninguna conexión entre Eneida y Marc...o Lola, para el caso. Eso son sólo conjeturas por tu parte". Rachel miró con severidad a la anciana. "Por favor, no digas *nada*".

"Lo prometo, Rachel. Mis labios están sellados". Penélope se levantó para irse. "Pero sé que lo hizo".

Rachel puso los ojos en blanco cuando la mujer salió de su despacho y se ajustó aún más el jersey a los hombros.

"Oh, cielos..." Rachel murmuró para sí misma. Qué manera de empezar el día". El olor del café era tentador, y fue un verdadero placer mientras añadía los tres azúcares necesarios y daba un sorbo a su primera taza, calmándola un poco.

Intentó acomodarse al trabajo, pero la idea de que Eneida había sido asesinada por Marc la atormentaba. *¿Era eso siquiera una posibilidad?*

"No te pongas tan seria", llegó una voz masculina, interrumpiendo sus pensamientos.

Rachel miró para ver a Joe en la puerta.

"Oye, tengo muchas cosas en la cabeza", respondió ella.

"¿Y qué pasa ahora? ¿Aparecen más cadáveres?" Joe se sentó frente a Rachel.

"Esa no es una pregunta apropiada".

"Vale, soy un grosero. ¿Qué ocurre?"

"Penélope acaba de estar aquí. Cree que Marc asesinó a Eneida". Rachel miró implorante a su marido. "¿Es eso posible?"

Una arruga se dibujó entre sus ojos antes de hablar. "Todo es posible. Me parece una locura, pero ¿quién sabe?"

"No me lo creo y no quiero que difunda una idea tan absurda por el complejo. No necesitamos echar más leña al fuego", dijo Rachel.

"Estoy de acuerdo con eso. Pero es posible", dijo Joe. "¿Qué conexión había entre Marc y Eneida?"

"No sé de ninguno, Joe. Que yo sepa, eran prácticamente desconocidos".

"Mmm, bueno, no sé qué decir".

"¿Sigue la cinta de la escena del crimen en la puerta de Eneida?"

"Sí". Joe se acomodó en su asiento, tratando de ponerse más cómodo en la remilgada silla que Rachel había seleccionado. No era cómoda. Pero tal vez eso era para desalentar las visitas largas. "¿Qué pasa con los Rogers? ¿Alguna otra noticia?"

"Lola" estaba en fianza, lo último que supe. Pero no quiere presentar cargos contra Marc. Ella afirma que él no estaba tratando de matarla, que sólo estaban teniendo una de sus peleas normales. No me lo digas". Rachel puso los ojos en blanco.

"Entonces, ¿de qué los van a acusar?" Preguntó Joe.

"Para Lola, creo que podría acabar siendo sólo agresión a un agente de policía. Si no quiere declarar, no creo que los fiscales presionen a Marc. Parece que tienen demasiados casos pendientes", dijo Rachel, encogiéndose de hombros. "Al menos eso es lo que el detective France especula que ocurrirá".

"Así que, se sale con la suya con el abuso de nuevo". Joe se levantó de la silla. "Y quizás también es culpable de la muerte de Eneida".

"¡Deja de decir eso! No lo sabemos", dijo Rachel.

"Es un tipo malo. Así que, tal vez..."

"No lo sabemos. No tenemos pruebas", insistió Rachel.

Joe miró a su mujer con unos ojos que decían lo que pensaba. Rachel sabía que él creía que Marc era culpable. De algo.

La puerta del despacho se abrió de golpe. Rachel miró para ver a Ruby y Loretta, hombro con hombro. Ambas mujeres, aunque flacas como un tubo de correo, no podían pasar por la puerta al mismo tiempo. Una tenía que dejar pasar a la otra primero. Ruby dio un paso atrás y empujó a Loretta hacia delante.

"La edad antes que la belleza", dijo Ruby con una sonrisa.

Con una mirada retrospectiva a Ruby, Loretta entró en el despacho. "Buenos días, Rachel". Se sentó en la silla antes de que Ruby pudiera llegar a ella. Ruby se puso de pie, mirando a Loretta.

"¿Qué puedo hacer por ustedes, señoras, esta mañana?" Rachel realmente no quería escuchar la respuesta.

"Estamos aquí porque entendemos que Lola estuvo a punto de ser asesinada ayer", dijo Ruby, con todas sus huesudas articulaciones sobresaliendo de su vestido de verano.

"Y nos preocupa que haya una epidemia de hostilidad en marcha", dijo Loretta, cruzando sus elegantes manos en su regazo sobre su traje pantalón verde lima. Rachel no pudo evitar preguntarse si tenía un vestido.

"¿Qué?"

"La gente está siendo asesinada aquí", dijo Ruby.

"Un momento. Sólo una persona ha sido asesinada", dijo Rachel, reconociendo inmediatamente que esa afirmación no había salido bien.

"Uno es suficiente", dijo Loretta.

"Hay un asesino suelto", dijo Ruby.

"Lola no fue asesinada", dijo Rachel, con la exasperación asomando en su voz. "*Un asesinato*. Hemos vivido un asesinato. Y un asesino no anda por ahí asesinando mujeres en este complejo. Eso no es cierto".

"¿Qué haces con esta situación?" preguntó Ruby.

"Sí, Rachel, ¿qué medidas has tomado para nuestra seguridad?" preguntó Loretta, mirando directamente a Rachel como si esperara una respuesta satisfactoria.

Rachel se sorprendió de que esas dos mujeres la estuvieran interrogando. Y lo que era aún más asombroso, parecían estar unidas en su enfrentamiento. Ni siquiera se gustaban. Ruby, especialmente, despreciaba a Loretta, por razones que Rachel aún desconocía.

"Puedo asegurarles a ambos que este es un edificio seguro. Creo que está bien que diga que la persona que mató a Eneida era probablemente conocida por ella. Parece que ella le dejó entrar en su apartamento. No hay pruebas de que se haya forzado la entrada", dijo Rachel, mientras se acercaba a una botella de agua de dos litros. "Fue un incidente aislado".

"Pero alguien murió", dijo Loretta.

"Ya lo sé. Eneida era mi amiga", dijo Rachel, empezando a llorar. "¿No crees que me siento mal por esto? ¿Alguien ha tenido en cuenta mis sentimientos? Vosotros dos estáis actuando como si yo hubiera sido negligente en mis deberes y por mi negligencia alguien hubiera sido asesinado. Pero eso no es así".

Las dos mujeres permanecieron en silencio durante un momento antes de que Ruby hablara.

"Lo siento, Rachel. No tuve en cuenta tus sentimientos en esta situación. Diriges una buena operación aquí". Ruby bajó la mirada hacia sus pies sandalias. Rachel podía ver el brillo del esmalte verde de los pies.

"La gente está nerviosa desde el asesinato y ahora Lola ha sufrido un incidente, aunque no un asesinato. Eso hace que todo el mundo se ponga nervioso", dijo Loretta.

"Las rencillas entre Marc y Lola son bien conocidas. Todo el mundo me llama por teléfono para informarme de su último affaire de derribo y arrastre. ¿Por qué se sorprende alguien de que los hayan detenido? Si Marc hubiera conseguido empujarla por el balcón, ¿alguien se habría sorprendido?" dijo Rachel, dando un sorbo a su café, intentando controlar sus emociones.

"¿Intentó empujarla por el balcón?" Dijo Ruby. "Oh, Dios, ¡eso es horrible!"

Rachel se dio cuenta de que se le había escapado algo. "Espera, esa no es una información que debas difundir fuera de esta sala. No debería haber dicho nada, y realmente no cambia la situación que ustedes, señoras, vinieron a tratar", dijo Rachel. "Por favor, no repitas lo que he dicho".

"Ciertamente puedo ser discreta", dijo Loretta. Rachel creía que Loretta, de entre todas las personas, siendo una antigua detective, sabía mantener la boca cerrada.

"Yo también", dijo Ruby. Rachel dudaba que Ruby supiera ser discreta. Era la persona más extravagante del edificio.

"Esto es importante, señoras. No digan nada a nadie", dijo Rachel. "Y por favor no se preocupen por su seguridad".

Loretta se puso de pie, su larga figura sobresalía por encima de Ruby, aunque ésta no era baja. "Me siento mejor ahora que he hablado contigo, Rachel".

"Yo también", dijo Ruby.

Las dos mujeres se dirigieron hacia la puerta, pero Ruby se detuvo para hacer otra pregunta.

"¿Volverán Marc y Lola a vivir aquí?"

Rachel ni siquiera había pensado en eso.

"No sé, supongo que sí".

Las mujeres mayores intercambiaron miradas.

"Oh, chico", dijo Ruby al entrar primero por la puerta.

CATORCE

LAS TRES MUJERES se sentaron en la mesa del club. Estaba cubierta de bandejas de dulces. El chef estaba probando nuevas recetas y había decidido que Rachel y sus amigas eran los sujetos perfectos para probar sus postres. Rachel cogió un éclair y le dio un gran bocado. Sabía delicioso, pero no le levantó el ánimo.

"¿Quién está más estresado que yo?" preguntó Rachel, levantando su vaso de té helado en el aire. "Apuesto a que nadie".

"Así que, cuéntanos los detalles", dijo Olivia, cogiendo con delicadeza una tarta de cerezas y dando un sorbo a su vaso.

"Lo último que supe del detective France fue que se habían quedado sin pistas".

"¿Qué?" Preguntó Tia. "¿Una mujer fue asesinada en su propio apartamento y no pueden encontrar ninguna evidencia? Eso es una locura".

"No había huellas dactilares, salvo las de Eneida, Joe y las mías. Sin embargo, había dos copas de vino usadas, lo que significa que tuvo compañía, pero las copas estaban destrozadas y contaminadas por los animales". Rachel puso rostro de asco mientras espolvoreaba más azúcar en su bebida, removiéndola con una pajita. "Entonces, Eneida conocía a la persona que la mató. Le dejó entrar (o la dejó) en el piso por voluntad propia".

"Eso significa que fue un incidente aislado", concluyó Olivia. "No tenemos un asesino en serie campando a sus anchas por el complejo. Esa parte es una buena noticia".

"Es cierto, fue aislado. Ojalá la gente no fuera por ahí difundiendo el rumor de un asesino en serie". Rachel se sentó recta en su silla, agarrando los reposabrazos con ambas manos. "¡Lo que he tenido que soportar de estos entrometidos que van por ahí diciendo que hay un asesino en serie!"

"He oído ese rumor", dijo Tia, alcanzando una galleta. "También oí que Marc había matado a Lola, pero la vi en el lavadero, así que supe que no era cierto".

"Sí, he oído algo de que Lola y Marc tuvieron una gran pelea y que él fue el asesino de Eneida", dijo Olivia.

"¡Oh, cielos! ¡No es cierto!" Rachel golpeó los reposabrazos con ambas manos en señal de frustración. "Espero que cuando sea realmente vieja, tenga más cosas que hacer que contar chismes".

"¿Pero no fue detenido Marc?" preguntó Tia.

"Sí, pero lo soltaron porque su encantadora, leal y diletante esposa no quiso testificar contra él". Rachel dejó caer su cuerpo contra la silla, soltando una mano del reposabrazos para coger su bebida. "Algunas mujeres son tan estúpidas".

"No entiendes el maltrato o no dirías eso", dijo Tía. "No es estúpida, Lola está necesitada, insegura y asustada".

"Me doy cuenta de sus defectos de carácter y entiendo que las mujeres como Lola necesitan ayuda. Y no son estúpidas, lo entiendo. Sólo me gustaría que buscara ayuda", dijo Rachel frustrada por la situación. "Realmente sé que Lola no es estúpida. Pero estoy cansada de lidiar con las secuelas de sus peleas con Marc". Se terminó el éclair y cogió una tarta.

"¿Alguien ha intentado conseguir ayuda para Lola?" Olivia sugirió.

"Según el detective France, y mi marido, ella no está dispuesta".

"¿Cómo es eso?" preguntó Tia, con rostro de desconcierto.

"Cuando la pareja enemistada fue llevada a la comisaría, Lola afirmó que amaba a su marido y que no necesitaban ningún tipo de asesoramiento. La vida era buena". Rachel puso los hombros rígidos ante esa afirmación. "Supongo que algunos creen que es normal ser un saco de boxeo".

"Lola no ha desarrollado las habilidades para ver que no tiene que vivir en esas condiciones", dijo Tia. "Probablemente fue maltratada de pequeña o vio cómo golpeaban a su madre. Esto es un comportamiento normal para ella".

"Bueno, si Joe me diera una bofetada, vería un comportamiento normal en mí. Le daría una paliza", dijo Rachel.

"Porque ese no es un comportamiento normal para ti", dijo Tia. "Lola no tiene la fuerza en este momento para reconocer que no merece ser golpeada".

"Lamentable, simplemente lamentable", dijo Olivia, sacudiendo la cabeza. "Bueno, estoy lista para otro té helado, y vamos a ver más de estas muestras. El chef es un tipo tan agradable. Lo menos que podemos hacer es ayudarle. ¿Y vosotras, chicas?"

"No. Será mejor que me vaya a casa porque probablemente Joe esté durmiendo y no quiero molestarle", le dijo Rachel a la camarera cuando llegó a la mesa. "Además, han sido unos días muy duros. Necesito dormir. Pero, ¿puede hacer una caja con algunos de estos para mí?"

. . .

Rachel entró en el apartamento lo más silenciosamente posible. Apartando la alfombra con el pie, se preparó para que se abalanzaran sobre ella. Pero no ocurrió nada. Todo estaba tranquilo. Casi demasiado tranquilo.

Entró lentamente en el comedor, buscando a Rufus. Pero no había ningún perro. ¿Estaban los chicos en casa? Eran las once, más allá de la hora de dormir de Joe. ¿Tal vez estaba sacando a Rufus a pasear, a hacer sus necesidades de emergencia? La puerta del dormitorio estaba parcialmente abierta, así que Rachel se asomó por la esquina. Estaba demasiado oscuro para ver nada y no podía encender la luz por si Joe estaba allí durmiendo.

Mientras se incorporaba, Rachel dio un paso atrás, justo sobre la pata de Rufus. *¡Yelp!* Rachel saltó hacia delante y se dio la vuelta. Se agachó para consolar a Rufus, que estaba más ofendido que herido. A él le encantaba la atención que recibía, así que saltó sobre Rachel, intentando lamerle el rostro. Al estar agachada, perdió el equilibrio y cayó de espaldas contra la puerta, haciéndola chocar contra la pared. Aterrizó en el suelo con Rufus de pie sobre ella, dándole un buen lavado de cara. Fue entonces cuando la habitación se iluminó.

"¿Todo bien por ahí?" Joe preguntó desde el otro lado de la cama.

"Huhhhh bluhhhh nuhhhh", trató de decir Rachel con la boca llena de cabellos, todavía agarrando y acunando la caja llena de dulces. "Ahn emm huhhh mmmeeee".

Joe actuó como si entendiera lo que ella había dicho. "Claro". Acarició con sus pies descalzos la esquina de la cama y apartó a Rufus de Rachel.

"No podemos seguir haciendo esto. Alguien va a salir herido. Probablemente tú", dijo Joe.

Rachel levantó la vista del suelo y miró a su marido. "¿Tú crees? Tal vez ahora estoy herida".

"Sólo tu orgullo", dijo con una sonrisa, extendiendo su mano para ayudarla a levantarse.

"Tienes que enseñarle a ese perro algunos modales", dijo Rachel, frotándose la nuca. "Esta vez se me ha colado".

"Mañana buscaré clases de obediencia canina". Joe regresó a la cama, pisando fuerte todo el camino.

"Buena idea". Rachel se dirigió a su armario. Se quitó la blusa y luego los pantalones.

"O podrías dejar de beber", comentó Joe desde la cama.

Se dio la vuelta con una expresión que le retaba a hacer más comentarios. "Oh. ¿No acabas de decir eso?"

"Sí, así es. Y lo dije en serio". Joe estaba acurrucado bajo las sábanas, con sólo su calva cabeza asomando por encima.

Rachel nunca imaginó que tendría el valor de seguir con su declaración. Se sintió sorprendida.

"Crees que estoy bebiendo, ¿no?" Ella entrecerró los ojos hacia él.

"Obviamente, sí. Y lo haces. Hasta altas horas con las chicas", dijo Joe, manteniendo los ojos cerrados mientras se tumbaba de espaldas con las manos de obrero asomando por debajo de las sábanas. "No se está convirtiendo".

"¿No te conviertes?" Rachel nunca había oído a Joe decir tal cosa. "¿No es apropiado para una mujer? ¿No es apropiado para una esposa? ¿No es apropiado para un administrador de un condominio? ¿Qué?"

"No se convierte en ti. Eres una buena persona. A menos que bebas demasiado", dijo, y luego interrumpió su conversación con un amplio bostezo. "Entonces tu actitud pasa a ser impropia".

Rachel se quedó quieta con los pantalones colgando en las manos. Estaba estupefacta. Joe nunca le hablaba así. Nunca. Ella no sabía cómo responder.

"Creo que deberíamos terminar esta conversación", fue lo único que se le ocurrió decir.

"Por mí está bien. Buenas noches". Joe se dio la vuelta para exponer su espalda a ella.

Rachel terminó de ponerse el camisón, se lavó los dientes y se metió en la cama tranquilamente junto a Joe. El sueño no llegó durante un rato porque no entendía lo que estaba pasando. No había bebido alcohol. Sólo té helado.

A la mañana siguiente, cuando Rachel se levantó de la cama, Joe ya se había ido a trabajar. Por el aspecto de la cocina, no se había molestado en desayunar. La cafetera no se había utilizado y no había platos sucios en el fregadero. Para añadir más misterio a la situación, no tuvo noticias ni vio a Joe a partir del mediodía. Eso era inusual.

Ruby salió por las puertas dobles mientras caminaba hacia la piscina. Desde su posición ventajosa, donde estaba trabajando en la manguera de riego defectuosa, Joe tenía una vista trasera de sus huesudas caderas contoneándose mientras hacía su paseo de modelo.

"Hola, cariño", dijo Ruby al pasar junto a un anciano recostado en una tumbona. Se echó el sombrero rosa hacia atrás y sonrió. El anciano se tapó la cara con una revista en respuesta. Ella siguió caminando.

Ruby abrió sus labios rojos en una sonrisa amistosa ante el siguiente caballero mayor que encontró, y se llevó una mano a la cadera expuesta que asomaba por encima de su bikini rosa. Le puso su mejor pose de modelo. "Hola, amigo", dijo Ruby con alegría.

El hombre miró a Ruby, sin palabras, con la boca abierta. Sus labios se torcieron como si buscaran algo que decir, pero se quedaron cortos debido a su aparente asombro por la desfachatez de la mujer que tenía delante.

"Oh, ¿el gato tiene la lengua? Apuesto a que no has visto nada como yo antes".

"No, señora, usted es ciertamente original", logró decir finalmente. "Que tenga un buen día".

"Tú te lo pierdes", dijo Ruby, alejándose de él.

Rachel sabía que los recién llegados al edificio tenían un periodo de adaptación cuando se trataba de Ruby. En ningún lugar se habían encontrado con una personalidad tan audaz. Algunos tardaban más que otros en adaptarse, si es que lo hacían. Las mujeres encontraban su audacia especialmente desagradable, por lo que nunca intentaban una amistad, especialmente si estaban casadas, porque temían que Ruby coqueteara con sus maridos. Sin embargo, esa nunca fue su intención. Ella sólo quería atención y amistad. En consecuencia, las mujeres perdieron la oportunidad de conocer el buen corazón de Ruby. Puede que estuviera oculto bajo su pecho huesudo y su comportamiento audaz, pero existía. Sentía debilidad por los niños y los perros. Ruby donó generosamente a la Sociedad Protectora de Animales de Halifax y apadrinó a niños para que pudieran asistir a la escuela bíblica de vacaciones. Su corazón era tan grande como su comportamiento extravagante.

Ruby finalmente se acomodó en una tumbona, justo al lado de Rachel.

"¿Tu día libre?" Preguntó Ruby.

"Sí, y bien merecido", dijo Rachel. Levantó su cuerpo para poder aplicarse más bronceador, evitando cuidadosamente los bordes de su traje blanco de cuerpo entero.

"¿Tienes problemas para dormir?"

"¿Qué?" Rachel se sentó más recta y miró a la anciana. Nunca sabía lo que iba a salir de su boca.

"La falta de sueño te cansará. Y estás en esa edad en la que dormir puede ser un reto. Sudores nocturnos, y luego te mueres de frío. Yo he pasado por eso". Ruby se ajustó el sombrero para que le cubriera más el rostro, para no aumentar su colección de arrugas.

Rachel se acercó los anteojos de sol a la nariz mientras miraba a Ruby. "No puedo creer que hayas dicho eso. ¿Eres psíquica o algo así?"

"La videncia no tiene nada que ver. Tengo más de noventa años. Conozco estas cosas".

"Bueno, supongo que sí", dijo Rachel, reclinándose de nuevo en el sillón. "La menopausia está haciendo que mis hormonas me hagan la vida imposible. Por cierto, te vi coqueteando con esos hombres".

Ruby se rió. "No estaba coqueteando. ¿Por qué todos piensan que soy tan coqueta? Sólo estoy siendo amigable. Me gusta la gente, es realmente una lástima".

"¿Alguien aceptó alguna vez tu oferta de amistad?"

"Oh, claro. Sucede a veces. La mayoría de las veces, no. Malinterpretan mi intención". Ruby suspiró y relajó su largo cuerpo en la tumbona.

Rachel pensó que la confesión de Ruby era un poco triste. Todo el mundo necesita amigos. Pero sabía que las mujeres en particular rehuían a la anciana por celos.

"Más poder para ti, Ruby. No te rindas. Además, no necesitas amistades superficiales", dijo, secándose la frente con una toalla. "Y yo soy tu amiga. Recuérdalo".

"Gracias, Rachel".

Notó que una pareja entraba por las puertas dobles, dirigiéndose a la piscina. Eran Marc y Lola. Rachel se disgustó al ver que iban cogidos de la mano.

"Esa de ahí es una bola de baba", dijo Ruby, siguiendo la vista de Rachel. "Nunca le daría un momento de mi tiempo".

Marc y Lola debieron sentir la antipatía de las dos mujeres porque la pareja se sentó lo más lejos posible de ellas sin dejar de estar junto a la piscina. Lola sonreía a su marido como si fuera el mejor hombre del mundo. Él estaba siendo muy encantador con ella en respuesta, o bien estaba montando un espectáculo para todos.

"¿Dejas que se queden aquí?" preguntó Ruby con un tono de desaprobación.

"Tengo que contactar con la pareja propietaria del condominio. Tienen que ser ellos los que los desalojen".

"Bueno, no esperes a que decida que quiere volver a matarla". Con ese consejo, Ruby se dio la vuelta para asolear su espalda.

Cuando Rachel regresó a su unidad, se dio una relajante ducha y se puso ropa cómoda. Su túnica flotante era todo lo que quería en este día.

Se dirigió a su escritorio y buscó la información de contacto de Margarita que le había dado el detective. Tras encontrar el número de teléfono de la hija de Eneida, Rachel marcó. Mientras se sentaba en una silla, oyó a una mujer contestar al teléfono.

"¿Hola?"

"Sí, Margarita, hola", respondió. "Soy Rachel Barnes, una amiga de tu madre".

"Oh, sí, lo recuerdo", dijo Margarita, cambiando al inglés para continuar la conversación. "Mamá me habló de ti".

"Margarita, siento mucho la muerte de tu madre. Ha sido bastante molesto para mí", dijo Rachel. "Por favor, acepta mis condolencias".

"Sí, ha sido molesto. Gracias", dijo con un fuerte acento.

"¿Cómo estás?" preguntó Rachel.

"En Miami, triste".

A Rachel le pareció oír que la voz de la mujer se quebraba al hablar.

"¿Hay algo que pueda hacer por ti? ¿Alguna forma de ayudar?"

"No", dijo Margarita, dejando escapar un largo suspiro. "Arreglo la cremación rápidamente. Tengo sus cenizas aquí. Ella está en paz".

"Eso es muy bonito. ¿Tendrás un recuerdo para tu madre?"

"Tal vez, no lo sé. Tal vez no".

"Si decides hacer una, por favor, házmelo saber". Rachel se preguntó si haría el largo viaje hasta Miami para asistir, incluso si la hija decidía organizar una.

"Sí, lo haré".

Hubo una incómoda pausa hasta que Margarita volvió a hablar.

"¿Saben quién mató a mi madre?"

La pregunta sacudió a Rachel. Era un tema tan sensible para ella. Por supuesto, era aún más sensible para la hija de Eneida. Era natural que la joven quisiera información y que se detuviera al asesino.

"Lamentablemente, no lo saben en este momento", dijo Rachel. "No hay sospechosos".

"¿Y el hombre que la visita?"

"¿Qué hombre?" Rachel no sabía de ningún hombre que hubiera visitado a Eneida.

"Mi mamá dice que un hombre vino a visitarla varias veces".

"No sé nada de eso".

"Ella dice que él no ha sido invitado, sólo ha venido", dijo Margarita. "A ella no le gusta él".

"Ya veo. ¿Sabes quién era? ¿Te dio su nombre?"

"No, no lo sé. No hay nombre".

"¿Dijo si vivía en el edificio?"

"No se puede decir".

"De acuerdo. Informaré a la policía de que sabías de un hombre que la visitó", dijo Rachel. "Tal vez eso ayude en la investigación".

"Sí, espero".

Las dos mujeres terminaron su conversación, prometiendo mantenerse en contacto. Rachel sabía que eso no ocurriría. Era algo que se decía en situaciones como ésta. Pero al menos obtuvo algo de información para ayudar en la investigación. Algo bueno salió de su conversación. Tal vez una pista sobre el asesino. Rachel llamó al detective France inmediatamente con la noticia.

QUINCE

"ME ALEGRO de que hayas tenido la idea", dijo Rachel mientras conducía. "Podría patearme por no haber pensado en ello yo misma".

"Has estado ocupado", dijo Olivia mientras se ajustaba el cinturón de seguridad más cómodamente en su hombro. "¿Sabes a dónde vas?"

"Sí, ha pasado tiempo, pero recuerdo el camino. El refugio está en el campo, cerca de New Smyrna Beach", dijo Rachel. "Prácticamente en tierra de nadie".

"Me preocupaba que los pobres gatos no hubieran sido adoptados. Eneida siempre se llevaba a casa los casos más patéticos, los menos adoptables". Olivia se ajustó los anteojos de sol mientras se acomodaba en el asiento. "Me encantan los gatos. Son mis favoritos, pero no tengo ninguno".

"Sus gatos probablemente todavía están allí. No te enfades si los encontramos. Al menos no los matarán como en otros refugios", dijo Rachel, girando bruscamente a la derecha hacia una zona menos poblada. "¿Cómo es tu vida amorosa?"

La sonrisa de Olivia iluminó su bonita piel. Jugó con su

collar un momento antes de responder. "Ya que preguntas, le va muy bien. Hemos salido un montón de veces desde que volvió de la conferencia".

"¿Un montón? No ha regresado tanto tiempo".

La risita de Olivia como respuesta le pareció divertida a Rachel. "Hemos salido a cenar todas las noches", dijo, sonando casi avergonzada. "Voy a engordar de tanto salir".

"¿Todas las noches? Bueno, yo diría que las cosas avanzan rápidamente".

"Sí, lo son. Y estoy muy feliz".

Rachel podía ver la alegría que se reflejaba en el rostro de Olivia. Le hacía sentir bien ver a su amiga tan feliz.

"¿Es alérgico a los gatos?" preguntó Rachel.

"¿Qué?" La cabeza de Olivia giró bruscamente en dirección a Rachel.

"Vas a tener la tentación de adoptar uno de los gatos de Eneida cuando los veas. ¿Es alérgico?" preguntó Rachel mientras maniobraba con su vehículo alrededor de una tortuga en la carretera.

"No lo sé. El tema no ha salido a colación. No creo que tenga mascotas porque trabaja muchas horas", dijo Olivia, con rostro de desconcierto.

"Si lo es, puede tomar la medicación entonces", dijo Rachel.

"Mmm, supongo que sí". Olivia se relajó de nuevo en su asiento, quizás contemplando una nueva incorporación.

Después de un poco más de tiempo, Rachel giró en un camino de entrada. "Aquí es."

Condujeron por un camino de tierra que conducía a un edificio de madera que se extendía a la entrada. Era un edificio antiguo, de una sola planta, pero había sido pintado recientemente. Los botes de pintura aún estaban cerca, esperando a ser guardados. Oyeron ladridos de perros al otro lado del edificio.

"Nos están saludando", dijo Olivia al salir del coche.

"La zona de los gatos es ese edificio de allí", dijo Rachel, señalando en la dirección adecuada. "Me pregunto dónde está Jorge".

Como si fuera una señal, Jorge apareció en el borde del edificio.

"¡Bienvenido!" Su amplia sonrisa mostraba grandes dientes y sus ojos se arrugaban por los años de trabajo al aire libre. Era puertorriqueño, de baja estatura y un poco ancho de cintura. Jorge se quitó el sombrero de paja amablemente y tendió la mano a las mujeres.

"Soy Rachel y ella es Olivia", dijo Rachel mientras le estrechaba la mano. "No sé si te acuerdas de mí".

"Lo recuerdo". La sonrisa de Jorge no se borró. "Encantado de conocerte", le dijo a Olivia.

"Vinimos a ver los gatos que recogiste de la Sociedad Protectora de Animales. Los que pertenecen a Eneida". El rostro de Jorge perdió su alegría. Se llevó las manos al sombrero y bajó la cabeza, luego se dio la vuelta, todavía con la cabeza agachada.

"Sígueme", dijo.

Las dos mujeres intercambiaron miradas, reconociendo ambas su angustia, pero le siguieron en silencio mientras Jorge guiaba el camino hacia el criadero.

"Todavía están aquí", dijo después de que entraran en el edificio. "No son jóvenes. El blanco no es lo que la gente quiere. Está allí", dijo, señalando una jaula.

"Oh, es preciosa", dijo Olivia, acercándose inmediatamente a la jaula del felino. "Es una chica encantadora", dijo. Unos ojos azules pálidos la miraron fijamente, y luego la gata frotó su cuerpo contra los barrotes.

"¡Oh, Rachel, me está cortejando!"

"Los chicos están aquí", dijo Jorge, acariciando la jaula más grande donde dos gatos de ébano estaban sentados mirando a los humanos que se acercaban. "Son buenos muchachos".

Jorge se dio la vuelta, con un aspecto sombrío. Rachel estudió al hombre, observando su carácter emocional. Era evidente que se preocupaba mucho por Eneida y sus gatos.

"Dime, Jorge, ¿ha habido algún interés por los gatos?" preguntó Rachel, sabiendo la respuesta.

"Ninguno".

"¿Nadie quiere estos hermosos bebés?" Preguntó Olivia.

"Nadie".

"Eso no es aceptable", dijo Olivia con firmeza. Levantó los hombros y miró a Rachel. "Tenemos que hacer algo".

"¿Qué estás sugiriendo?" Rachel ya tenía a Sasquatch en su residencia.

"¿Cuántos gatos puedo tener según las normas de la asociación de vecinos?" Olivia no hizo más que dar un pisotón en su determinación de corregir un error.

Rachel vio inmediatamente hacia dónde se dirigía esta situación. "Dos".

"Entonces tienes que tomar uno. Yo tomaré dos", dijo Olivia.

Cuando los ojos de Rachel se abrieron de par en par, Olivia se volvió más contundente. "Tenemos que hacer esto por Eneida. Ella querría que esto sucediera. No podemos dejar a estos gatos aquí".

"Pero también hay otros gatos aquí. No podemos llevarlos a todos a casa". Rachel se estaba preocupando. Ella tenía que considerar a Joe, y él no estaba en su esquina en este momento.

"Por supuesto. Pero al menos podemos llevarnos a casa los que tenía Eneida. Sabes que ella querría que lo hiciéramos", dijo Olivia. "No podemos dejarlos aquí".

"Como te he preguntado antes, ¿tu galán es alérgico a los gatos?" Rachel miró a su amiga directamente al rostro, como si pensara que tenía alguna posibilidad de razonar con ella.

"No importa. Puede tomar una pastilla si lo hace". Obviamente, no había manera de persuadir a Olivia de su misión.

"De acuerdo, bueno, supongo que eso lo resuelve. Entonces, ¿qué dos quieres?" Rachel preguntó.

"Quiero el blanco y uno de los negros. Algo así como un dominó. Marfil y ébano". Se apartó con los brazos cruzados sobre su amplio pecho. "Tú coge el otro negro".

"Gracias. Joe me va a matar seguro". Rachel levantó los brazos en señal de rendición. "Trato".

"No hemos traído ningún portador", dijo Olivia.

"Yo puedo proveer", dijo Jorge, con una pequeña sonrisa tirando de sus labios.

"Por supuesto, los devolveremos", dijo Rachel.

"Vale", dijo Jorge, ahora todas sonrisas de nuevo. "¿Necesitas una caja de arena?"

"¡Oh, una caja de arena!" Rachel no había pensado tanto.

"Podemos recoger dos de camino a casa", dijo Olivia.

"Bien pensado", dijo Rachel. "Y la basura".

Mientras esperaban a que Jorge encontrara tres portadores, Rachel pensó en el hombre que dirigía la operación de rescate. Parecía ser un solitario. ¿Quién más viviría voluntariamente en el recinto de un refugio de animales? Eneida lo había hecho, pero era la dueña del lugar. Había tenido la suerte de descubrir a Jorge. Amaba a los animales y era amable con todos ellos. El refugio no podía estar en mejores manos.

"Eneida se pondrá muy contenta", dijo Olivia cuando el hombre volvió con los portadores.

Rachel y Jorge miraron a Olivia con extrañeza.

"Ya sabes lo que quiero decir. Ella nos está mirando, lo sabe". Olivia se alejó con una gran sonrisa en el rostro.

"Oye, ¿tal vez podamos convencer a Tia de que se lleve un gato?" Rachel se ofreció a la espalda de Olivia. "Ella podría hacerlo".

"No la mía", dijo Olivia.

Ahora Rachel se sentía culpable. ¿Qué iba a hacer? ¿Aparecer no tan buena amiga de Eneida como Olivia por no llevarse un gato, o llevarse uno y arriesgarse totalmente a enfadar a Joe? A veces las decisiones de la vida no son fáciles... Joe tendría que enfadarse.

Más tarde, Rachel entró en su apartamento empujando un carrito con el transportín del gato, una caja de arena, arena y comida para gatos. Joe no estaba en casa, para su alivio. Pero Rufus sí estaba.

El perro se concentró inmediatamente en el transportín con la nueva incorporación dentro. Rufus olfateó ferozmente alrededor de la jaula, arriesgándose a que su hocico fuera golpeado por una pata llena de garras.

"Vale, déjalo, Rufus", dijo ella. "Acostúmbrate. Conoces a este gato, así que aléjate".

Un escupitajo del gato hizo retroceder al perro.

"Gallina", dijo Rachel. "O inteligente, no estoy segura de cuál". Dejó a los dos animales para que se reencontraran.

Rachel supuso que Joe llegaría pronto a casa, así que se puso a trabajar en la cena después de encontrar un lugar para la caja de arena en el segundo baño. Estaba hambrienta. Se le pasó por la cabeza que sería prudente preparar algo especial para calmar el enfado de Joe con ella y la incorporación de un nuevo animal. De repente, habían pasado de ninguno a dos, y uno era un puñado. Sacó un filete del congelador y lo puso en el microondas para descongelarlo. Una ensalada César le pareció una buena opción para acompañar el filete. Y pastel de chocolate de postre, aunque ninguno de los dos lo necesitaba.

Al cabo de una hora, Rachel permitió al gato explorar su nuevo entorno. Con valentía, pasó por delante de las narices de Rufus en su camino para investigar el dormitorio principal. El perro movía la cola mientras olfateaba atentamente el camino que se estaba creando. A continuación, el gato se dirigió al cuarto de baño, seguido de la habitación y el baño de invitados. Olfateó un par de veces la caja de arena, que evidentemente aprobó. Una vez exploradas las habitaciones laterales, el gato recorrió el salón y el comedor, olfateando. Por último, la cocina. Su pequeña nariz se agitó ante los tentadores olores que se respiraban.

"Tenemos que ponerte un nombre, ¿no?" Rachel miró al gato negro azabache. "¿«Ahumado»? ¿Blackie? No, demasiado obvio. Tendré que pensarlo. Quizá Joe tenga un buen nombre".

Mientras ella sacudía unos picatostes en la ensalada, Joe entró en el apartamento.

"¿Hola?"

"Aquí mismo, en la cocina", respondió Rachel.

Joe miró a su mujer en la cocina. "Lo siento".

"¿Qué tienes que lamentar?" Rachel dejó de sacudir los picatostes, con la mano en el aire.

"Anoche fui grosero. Casi te llamé alcohólica, y lo siento", dijo, mirando sus botas sucias. "Y te mereces pasar tiempo con tus amigos".

"Joe, no hace falta que te disculpes", dijo ella, dándose la vuelta para enfrentarse a él. "Me equivoqué. Fui yo, no tú en absoluto. Tienes derecho a sentirte como lo haces, pero yo..."

"Bueno, podría haber sido más amable". Interrumpió sus palabras.

"Creo que has sido muy amable, Joe". Rachel levantó las manos. "No fui amable, ni comprensivo contigo. Y parece que tengo una reacción después de salir con las chicas. Eso no puede continuar como hasta ahora. No sé por qué me pongo tan intratable y terca por cosas simples. Lo siento". También tenía que investigar por qué se sentía borracha después de beber té helado. Eso era una locura.

"¿Qué...?" Dijo Joe cuando descubrió que un gato se frotaba contra la pernera de su pantalón. Entonces Rufus se abalanzó sobre él persiguiendo al gato, lo único que habría retrasado su saludo a Joe. Después de casi derribarlo, Rufus se levantó de un salto, con las patas puestas en su pecho. El gato dejó escapar un fuerte maullido por debajo, como si estuviera saludando a su nuevo papá, sin dejar de frotar la pierna de Joe. Así que, por supuesto, el perro tuvo que intervenir con un par de suaves maullidos.

"Abajo, Rufus. ¿Quién eres tú?" Joe miró a sus pies para ver al gato negro restregándose por él. "¿Y de dónde vienes?" Mirando a Rachel, dijo: "Alguien tiene que dar explicaciones".

"Es uno de los gatos de Eneida. Olivia y yo hemos ido hoy a la protectora", dice, limpiándose las manos en el delantal. "Sabía que Olivia querría llevarse a casa al menos uno de los gatos, pero nunca soñé que me convencerían de llevarme uno también. En realidad, se llevó dos".

"Ya veo", dijo, mirando al gato en sus tobillos. "¿Cómo se llama?"

"No lo sé. Esperaba tus sugerencias".

"Oh, ¿así que no pensaste que me opondría?" Ahora él la miraba de nuevo.

"Bueno, esperaba que estuvieras bien con él. Es un niño. Y no podía dejarlo allí cuando Olivia se llevó dos. Uno negro y otro blanco". Ella lo miró lastimosamente, esperando que cediera.

Rufus dejó escapar otro suave guau.

"No veo ninguna razón para no quedarnos con él. Siempre y cuando no se infrinja ninguna norma", dijo.

"No se han roto las reglas. ¡Oh, estupendo, Joe!" Dio dos pasos y abrazó a su marido. "Gracias por ser tan amable y comprensivo. Necesito tomar lecciones de ti".

Joe se rió y besó a su mujer en los labios.

"Benny", dijo Joe, después de retroceder.

"¿Benny qué?"

"Benny es su nombre".

"Oh. Benny. Suena muy bien", dijo ella. "¿Te gusta el nombre de Benny?", le preguntó al gato, que ahora giraba dentro y fuera de las piernas de ambos.

"Prrr", respondió el gato.

"Vamos, Benny, vamos a darte de comer", dijo Rachel, apartándose de Joe. "Y tú también, Rufus. No puedo excluirte".

Después de una maravillosa cena de bistec, Rachel estaba leyendo en la cama, apoyada con dos almohadas. Joe estaba a su lado viendo la televisión, pinchando diferentes canales con el mando a distancia. No encontraba nada interesante. En el momento en que se decidió por un viejo episodio de Ley y Orden, Benny decidió unirse a ellos. Se subió fácilmente a la cama y se acercó a Rachel.

"Miau".

"Miau", dijo Rachel, sin apartar la vista de la página que estaba leyendo. Benny estaba siendo cariñoso, frotándose contra su mano, sacudiendo el libro. Luego le frotó los brazos hasta que descubrió su cabello. Levantó una pata para peinarla con sus garras.

"¡Ay! ¡Benny!"

Lo siguiente que supieron fue que Rufus acudió al rescate. Los cien kilos de pelaje amarillo saltaron al centro de la cama. El libro de Rachel fue arrancado de sus manos, cayendo al suelo. Benny saltó sobre el cabecero, que era una estrecha tira de madera. Intentando equilibrarse precariamente, el gato buscó un escape de Rufus. Pero el perro tenía otras ideas. Levantó una pata junto a Benny, emitiendo suaves gruñidos. No pretendía hacer daño al gato, sólo comunicarse. O jugar. O lo que sea. Benny no aceptó este comportamiento y siseó al perro, dándole un pequeño golpe en la nariz. Rufus soltó un gemido.

Joe decidió que debía intervenir, mientras Rachel intentaba apartarse.

"¡Rufus, deja al gato en paz!" dijo Joe, rodando para agarrar su collar.

El gato aprovechó la oportunidad para saltar, primero rebotando en la cabeza de Rachel y luego en la mesita de noche. Cuando Benny corrió hacia ella, chocó con la lámpara, haciéndola volar al suelo. La lámpara hizo un fuerte golpe antes de romperse. Joe seguía intentando sacar a Rufus de la cama por el otro lado. Por supuesto, el perro no se dejaba llevar. Estaba decidido a ser el único animal en la cama. Joe tiró de su collar, convenciendo finalmente al perro para que se bajara de la cama. Pero no antes de que su cola se conectara con el vaso de agua que Joe tenía en su mesita de noche, haciéndolo caer al suelo.

"¡Joe! Los vecinos de abajo van a pensar que nos estamos peleando", dijo Rachel.

"Bueno, parece que sí", dijo, echando un vistazo a la habitación.

Había cristales rotos a ambos lados de la cama y las mantas estaban medio arrancadas, colgando en el suelo.

"¡Mi pobre lámpara!" gritó Rachel, mirando los daños.

"Traeré la escoba", dijo Joe. "No camines sobre el cristal con los pies descalzos".

Mientras estaba en el armario, se dio cuenta de que los animales se habían calmado. Demasiado tranquilos. Con una escoba y un recogedor en la mano, fue a explorar y encontró a los dos mocosos en el dormitorio de invitados, descansando cómodamente en la cama de matrimonio. Rufus estaba tumbado, con Benny acurrucado entre sus dos patas delanteras. Ambos le miraban inocentemente.

"No me cabe duda".

Joe regresó a su dormitorio y barrió los cristales rotos y murmuró: "¿Es esto un adelanto de los próximos acontecimientos?"

DIECISÉIS

LORETTA ENTRÓ en el despacho de Rachel, parándose brevemente en la puerta como si fuera a ser presentada en un baile, con un aspecto sofisticado, como de costumbre, en un traje pantalón azul oscuro. Nadie habría sospechado nunca que había sido detective de la policía en Nevada, porque su aspecto daba todos los indicios de que era una mujer con clase y temerosa de Dios, posiblemente de la sociedad.

"Buenos días, Loretta", dijo Rachel. "Estás preciosa".

"Gracias, querida. Aquí tengo la cuota de la asociación", dijo, entregando un cheque.

"¿Quieres un recibo?"

"No, el cheque está bien como recibo".

"Loretta, ¿puedo hacerte una pregunta personal?"

"Depende de la pregunta", dijo Loretta con una ligera sonrisa. Se acercó a la silla.

"Lo entiendo. No es un secreto que una vez fuiste un detective de alto perfil en Nevada", dijo Rachel.

Loretta miró fijamente a Rachel, sin inmutarse. "Así es, aunque usted y yo nunca hemos hablado de mi pasado".

"¿Cómo era ser detective?"

El rostro de Loretta se deshizo en una sonrisa y se echó a reír. "Oh, yo diría que en el mejor de los casos fue una aventura. En el peor de los casos, fue peligroso. Conocí a muchas personas notables e influyentes. Todas las clases sociales se filtran dentro y fuera de Nevada. Algunos eran delincuentes no violentos, mientras que otros eran bastante peligrosos y crueles. La mayoría tenía grandes cuentas bancarias".

"¿Los notables eran...?"

"Gente famosa, gente rica, políticos. Todo el mundo viene a Nevada a jugar", dijo Loretta. "Teníamos que ser discretos y cuidadosos durante las investigaciones, de lo contrario, podíamos convertirnos en víctimas".

"¿Quieres decir que te maten?"

"Por supuesto". Loretta lo dijo con tanta calma, como si fuera una consecuencia entendida.

Rachel se sentó en su silla para contemplar ese pensamiento.

"Los hombres ricos y famosos que participan en empresas ilegales no quieren que sus esposas sepan de dónde viene el dinero. Esos viajes de negocios en los que se suponía que estaban eran frecuentemente para negociar tratos de drogas, lavado de dinero, robos a gran escala, lo que sea". Loretta parecía fácil divulgar esta información. "Y los políticos, bueno, sus electores ciertamente no podían saber de sus actividades, ¿ahora sí?"

"No, supongo que no. Entonces, aprendiste a ser cauteloso".

"Lo hice, rápidamente". Cruzó sus elegantes manos en su regazo, mirando fijamente a Rachel.

"Realmente podrías escribir un libro, Loretta". Los ojos de Rachel se arrugaron ante la idea. "Sería un bestseller garantizado".

"Sí, ciertamente lo haría. Pero estaría muerto por hacerlo".

"Puedo entender ese potencial. Dime, ¿por qué Ruby parece odiarte tanto? ¿Está celosa? ¿O tal vez desaprueba tu antigua profesión?" Rachel sacudió la cabeza en señal de pregunta.

Los ojos de Loretta se dirigieron a su regazo. Ahora parecía incómoda.

"No tienes que decírmelo. Está bien, olvida que te lo he preguntado", dijo Rachel. Inmediatamente cogió su abanico del escritorio y empezó a abanicarse por necesidad y para distraerse.

"No, no me importa responder a su pregunta", dijo ella, levantando los ojos. "Confío en que no se lo dirá a nadie, excepto quizá a su marido".

"Por supuesto que no. No diré nada a nadie". Rachel se abanicó.

"Ruby solía trabajar para mí".

"¿Cómo detective?"

"No. Era una informante".

"¿Ruby era un informante confidencial?"

"Sí. Y era muy buena en eso", dijo Loretta. "Al ser modelo de moda, conoció a muchos hombres ricos e influyentes. Era una belleza cuando era joven, siempre la invitaban a las mejores fiestas y eventos de Nevada."

"Ya veo".

"Ruby tenía contactos que yo nunca habría podido adquirir. Se codeaba con la élite porque era una super modelo. Lo que escuchaba casualmente en una fiesta era una información inestimable que nadie más podría haber obtenido estando en el cuerpo de policía. Y lo que averiguaba para mí de forma clandestina no tenía precio".

Loretta miró fijamente a Rachel, posiblemente juzgando su

reacción a la conversación que estaban manteniendo. Rachel pensó que lo estaba llevando bien, salvo por el vigoroso abaniqueo de sí misma.

"Ruby era una de tus informantes", pudo decir finalmente Rachel. "Eso es bastante sorprendente".

"Y no quiere que nadie sepa de su pasado", dijo Loretta. "Se mudó a Florida para alejarse de mí y de las posibles consecuencias de los criminales que podrían querer verme muerta por haberlos arrestado. No quería que ninguno de ellos la buscara y la matara una vez que salieran de la cárcel. Así que, cuando me mudé aquí y descubrió que era una nueva residente, pensó que su secreto quedaría al descubierto. Pero no le he dicho nada a nadie, excepto a ti".

"Bueno, eso explica muchas cosas", dijo Rachel.

"Ruby no me odia realmente, sólo le preocupa que pueda contar su secreto. Si se corre la voz sobre ella, tal vez algún delincuente del pasado venga a buscarla. ¿Quién sabe? Le he asegurado que no diré nada a nadie que pueda resultar peligroso, pero ella no me cree, así que vive con el temor de ser descubierta y de que los delincuentes la encuentren también", dijo Loretta. "Suele mantener las distancias conmigo, lo que es una pena. Antes estábamos muy unidas".

"Vaya, es una noticia increíble. Apenas puedo creer lo que he oído", dijo Rachel, hundiéndose más en su silla.

"No puedes decírselo a Ruby. Tiene que decírtelo ella misma. Lo cual podría ser nunca".

"No diré una palabra, lo prometo". Rachel tenía ahora otra pregunta. "¿Fue una informante durante mucho tiempo? Quiero decir, ¿trabajó para ti durante años o, no sé...?"

"Trabajó para mí durante unos cinco años, y luego se desvaneció en la carpintería. Ruby es un poco mayor que yo, así que sus días como modelo fueron limitados. Al final tuvo que dejar ese estilo de vida y seguir adelante, y así lo hizo. No estoy seguro de a dónde fue después de eso o cuándo vino a Florida. No la había visto en muchos años, hasta que me mudé aquí".

"¿Siempre fue pelirroja?"

Loretta echó la cabeza hacia atrás y soltó una carcajada. "Sí, siempre ha sido pelirroja. Es obvio que todavía se lo tiñe. A su edad, el único color que tiene ahora es el blanco nieve".

"Nunca sabemos quién vive entre nosotras, ¿verdad?"

"Seguro que no, Rachel. ¿Quién iba a pensar que viviría en Florida, en la playa, en un condominio después de vivir en el desierto? Desde luego, yo no". Loretta se levantó de la silla un poco chirriante. "Será mejor que me vaya. Ha sido un placer charlar contigo, querida".

"Fue un placer pasar tiempo contigo, Loretta". Rachel acompañó a la mujer hasta la puerta. "Cuídate".

Cuando Loretta estaba a medio camino de la puerta, se volvió parcialmente hacia Rachel. "Podrías probar el aceite de onagra para esos sofocos, querida".

"Bien, gracias por el consejo".

"Y reduce la cafeína".

"Sí, señora".

Loretta salió de la oficina.

Ruby, una informante confidencial. ¡Vaya! ¡Espera a que se lo cuente a Joe!

DIECISIETE

"ESE GATO ME ROZA LA PIERNA", dijo Joe mientras se sentaba a la mesa, intentando comer su cena.

"Quizá le gustes", dijo Rachel mientras cortaba un tomate. "Y su nombre es Benny".

Joe miraba que Benny estaba ocupado. "Quizá se esté quitando las pulgas".

"No tiene pulgas. Simplemente le agradas", insistió Rachel.

"¿Por qué no puede restregarte sus pulgas en la mesa?"

Rachel levantó la vista de su plato y dejó los cubiertos. "¿No te gusta el gato?"

"No he dicho exactamente eso".

"Más o menos". Rachel cogió su té helado y bebió un sorbo. "¿Qué iba a hacer? Estaba en un aprieto. Además, es bonito. Al perro le gusta".

"A Rufus le gusta todo el mundo y las cosas. No es una buena referencia de carácter".

"Entonces, ¿prefieres que lleve al gato de vuelta al refugio?" Ella le miraba ahora fijamente, observando cómo se llevaba a la boca un bocado de chuleta de cerdo. "¿Mmm?"

"No. El gato no puede volver al refugio". Joe se mostró firme al respecto. "No más refugio para Benny".

"Entonces, ¿cuál es el problema?" Rachel reanudó la comida.

"No sé... Es negro. Es espeluznante. Se escabulle".

"Todos los gatos se escabullen cuando hay un perro gigante en la casa. ¿Y qué es ese prejuicio contra los gatos negros?"

Joe la miró como si le hubiera salido cabello verde. "¡No tengo prejuicios contra su *color*!"

"Algunas personas tienen miedo de los gatos negros. Lo cual es ridículo, debo añadir", dijo Rachel, recogiendo su vaso de nuevo. "Olivia se llevó el gato blanco, o podríamos haber tenido ese".

"No me importa el color del gato. El negro es hermoso. Retiro lo que dije. El gato está bien, Benny se queda, fin de la discusión", dijo Joe.

"Pero usted dijo..."

"Olvida lo que he dicho, está bien. Cómete la cena".

Rachel contuvo su normal giro de ojos. *Los hombres son tan peculiares*.

Esa misma noche, Rachel se sentó en el tocador del cuarto de baño y se miró la barbilla. Rebuscó hasta encontrar las pinzas y empezó a arrancarse el cabello.

Joe entró en el baño para lavarse los dientes, mirando de reojo al pasar junto a ella.

"¿Qué estás haciendo?"

"Arrancando cabellos".

"¿Quieres decir que tienes bigotes?" Joe ladeó la cabeza mientras miraba a Rachel.

"¡Bigotes! No, estos son cabellos rebeldes", dijo, sacando uno con una mueca. "Bueno, son un poco gruesos. Tal vez sean bigotes".

"¿Desde cuándo las mujeres se dejan crecer los bigotes?"

"Desde la menopausia, Joe. Nos sale cabello donde antes no lo teníamos, sofocos, escalofríos, cambios de humor, lo que sea. Todo gracias a la madre naturaleza". Se arrancó otro cabello.

"Todo gracias a la edad", dijo Joe, acercándose a uno de los lavabos. Rachel dejó de desplumar el tiempo suficiente para lanzarle una mirada de reojo.

"Sí, Joe, lo es. Igual que cuando pierdes cabello en la cabeza y lo ganas en las orejas", comentó con una ligera sonrisa.

Joe se frotó la mano por la parte superior de la cabeza. Lo que antes había sido una espesa cabellera, ahora era decididamente delgada. Los problemas de envejecer.

"Entonces, ¿estás seguro de la nueva adición?" preguntó Rachel.

"¿Cuál? Tenemos a Rufus y al gato". Joe echó pasta de dientes en su cepillo y se lo metió en la boca.

"El gato, por supuesto. ¿Te parece bien llamarlo Benny?"

"Bueno, siempre está Blackie", balbuceó entre cepillado y cepillado.

"No podemos ser un poco más originales, ¿eh?"

"Hollín". Salvo que cuando dijo la palabra le salió como si estuviera cerrada.

"No."

"Carbón".

Rachel se volvió hacia él. "No. Ponte serio".

"No lo sé. Me nombran fuera. Tú eliges", dijo, con el cepillo de dientes fuera de la boca.

"Schwarz", le lanzó.

Joe se giró para mirarla después de volver a deslizar su cepillo de dientes en el soporte. "¿Qué es eso?"

"Es negro en alemán".

"¿Schwarz?"

"Sí, lo he buscado".

"Bueno, si ya lo has decidido, ¿por qué me preguntas?"

"Te estaba dando la oportunidad de participar".

"¿Schwarz? ¿De verdad?"

"Sí".

Joe salió del baño, llamando a su esposa, "Schwarz, s'mores, lo que quieras, no me importa. Pero prefiero Benny".

Rachel se sentó en su silla, desplumando y sonriendo. "Entonces queda Benny", dijo.

Lola y Marc se comportaban como una pareja de recién casados cada vez que estaban en público. En la piscina se cogían de la mano, se besaban un poco y se frotaban cariñosamente el bronceado en la espalda, todo ello con grandes sonrisas en el rostro. Todo el mundo pensó que era una farsa. Pero Lola parecía muy feliz. Era la única residente en todo el condominio que se creía las escenas románticas que se desarrollaban ante todos.

Rachel había oído rumores de que Lola le contaba a la gente lo dulce que era Marc con ella, que se habían reconciliado y que todo estaba bien. Rachel no lo creía. Marc estaba esperando su momento hasta que volviera a atacar, como un gato que se burla de su presa. Una cosa buena, Joe había tomado nota de que su contenedor de basura estaba desbordado, lo que era una señal positiva de que estaban limpiando su desorden.

El detective France hizo una visita al despacho de Rachel. Era el viernes por la tarde y Rachel estaba deseando salir a tiempo. Pero con su llegada, eso no era probable.

"Espero no interrumpirla", dijo el detective al asomar la cabeza por la puerta de su despacho.

"¡Oh, no, entra!" Rachel le saludó cordialmente, a pesar de su afán por salir.

"Pensé en ponerle al día", dijo, bajando su cuerpo en forma en la silla. "Tuvimos un informe anónimo sobre alguien visto en su complejo que no pertenecía a él".

"¿Qué? ¿Quién? Quiero decir, ¿cuándo? No lo entiendo".

"Un par de días después del asesinato, un hombre con un abrigo oscuro y un sombrero fue visto intentando entrar por las puertas. Al parecer, no tuvo éxito", dijo France. "Quien lo vio, pensó que no debía estar aquí porque, en opinión de esta persona, parecía sospechoso. El hombre intentó la puerta varias veces y siguió buscando otra entrada".

"Eso es extraño. ¿Quién lleva abrigo y sombrero en Daytona Beach?"

"También intentó llamar a alguien por el teléfono de la casa para que le zumbara, pero no funcionó. ¿Qué opina de ello?" preguntó France.

"No tengo ni idea", dijo Rachel. "Si tuviéramos una cámara de seguridad, podríamos obtener algunas respuestas. Con los asesinatos y la gente sospechosa que merodea por ahí, probablemente tenga que instalar algunas cámaras".

"Esa sería mi sugerencia".

"Necesito compartir algo contigo", dijo Rachel, acercando su silla al escritorio. "He tenido una conversación con un antiguo detective de la policía de Nevada. Un detective de alto perfil".

France parecía sorprendida e interesada. "¿De verdad? ¿De alto perfil? ¿Cómo has llegado a conversar con alguien así?"

"Ella vive aquí. Y eso no es de conocimiento público".

"Santo cuervo, nunca se sabe, ¿verdad?" Sonrió a Rachel. "Diriges bastante el lugar aquí, ¿no crees?"

Rachel no vio la gracia. "Es una mujer muy agradable y respetable. Va a la iglesia y todo eso. Pero su pasado es definitivamente interesante, sí". Rachel se inclinó más hacia France sobre su escritorio. "Tuve la idea de que tal vez... quién sabe... ¿tal vez alguien la estaba buscando? No es que se lo haya dicho a ella".

"El hombre sospechoso".

"Exactamente".

"¿Sabe actualmente que alguien quiere hacerle daño?" Preguntó France. "¿Ha recibido alguna amenaza?"

"No lo creo. Nunca lo indicó cuando hablé con ella. Y eso fue hace poco", dijo.

"No es mucho para seguir. Pero tomaré nota de ello", dijo.

"¿Sucedió algo con respecto al visitante de la unidad de Eneida?"

"Nada concluyente, pero lo tenemos en cuenta si aparece otra información".

"Por supuesto".

"¡Y tú, por favor, instala algunas cámaras de seguridad en este lugar!" France dijo mientras se ponía de pie para salir.

"¡Sí, señor! Ahora mismo, señor". Rachel sonrió a France. "En serio, me ocuparé de ello inmediatamente".

Cuando el detective se fue, Rachel se tomó el tiempo de llamar a una empresa de seguridad que conocía. Le dijeron que llegarían por la mañana. Una tensión menos en su plato lleno de ansiedad.

DIECIOCHO

"BIEN, quiero una barra de chocolate. Una grande". Dijo Rachel en voz alta. "No me voy a casa hasta que tenga al menos una".

"¿Desde cuándo te gusta el chocolate?" dijo Olivia, enviando a Rachel una mirada peculiar. "Tomaré un té helado", dijo al camarero. Luego, señalando a Rachel, "Y ella también tomará uno".

"Me sumo a eso", dijo Tia. Dirigiéndose a las mujeres, dijo: "Ha sido un día duro. Si tengo una mujer más quejándose de la menopausia, voy a vomitar".

Nota mental para mí, pensó Rachel, *no te quejes de los sofocos*.

"Mañana haré que se instalen cámaras de seguridad en varios lugares del complejo", anunció Rachel.

"Buena idea, después del asesinato", dijo Olivia.

"Deberías habértelo hecho antes", comentó Tia.

"Tienes razón, debería haberlo hecho. Pero no lo hice". Rachel dejó que el camarero le pusiera delante un té helado y un plato de galletas. Lo siguió con un bol de trufas de chocolate. Rachel cogió un puñado.

"Si tenemos otro incidente en el que alguien resulte herido, las cámaras serán esenciales", dijo Olivia, aceptando su bebida.

"Cierto, y necesario en esta época de crímenes", comentó Tia, aceptando también su té.

Rachel bebió un sorbo de su vaso, dio dos vueltas a la pajita para disolver las bolsas de azúcar que había vertido y dijo: "Hace poco se vio a un hombre sospechoso intentando entrar en el edificio".

Ambas mujeres desviaron la mirada hacia Rachel. "¿Qué?", dijeron al unísono.

Rachel asintió con la cabeza. "Me temo que es cierto", dijo, dando un trago completo a su bebida. "Pero podría no tener relación con el asesinato. Podría ser totalmente inocente".

"O podría ser alguien que vuelve a por la víctima prevista porque Eneida no era la que querían", dijo Olivia.

"Y luego está eso", dijo Rachel. "De ahí la instalación de cámaras de seguridad".

"La vida es tan peligrosa ahora. No me gusta esto", dijo Tia.

"¿Te recuerda a la India?" Preguntó Olivia.

"De forma espantosa", dijo Tia.

"Oye, no estamos en la India, ni en Nueva York ni en Detroit. Estamos en la soleada Daytona Beach, señoras", dijo Rachel en un intento de animar a sus amigas. "El crimen no es un gran problema aquí. Sí, tenemos un asesinato ocasional y demás, pero sería mucho peor en cualquier otra ciudad más grande. Alégrense". Rachel bebió dos grandes tragos de su bebida para digerir las trufas.

El silencio se apoderó de la mesa de amigos mientras contemplaban esta nueva realidad de peligro en su condominio. Un fuerte trueno interrumpió el silencio y un toque de ozono llenó el aire.

"Ya estamos otra vez", dijo Tia. "Cuando bajé de mi unidad, hacía un calor abrasador y estaba soleado. Ahora tenemos una tormenta".

"Todos los días sin falta", dijo Olivia. "El tiempo me sorprende".

"Sí, cómo puede llover en un lado de la calle y no en el otro", dijo Rachel. "O cómo pasa una tormenta y luego vuelve a hacer sol. Qué clima tan loco". Se puso de pie.

"¿A dónde vas?" Preguntó Olivia.

"Para conseguir la chocolatina de la que hablaba. Tengo que tomar más chocolate". Rachel se levantó de la mesa para buscar la máquina de aperitivos cerca de los baños. Regresó rápidamente con dos barras de chocolate.

"¿Pensé que sólo querías uno?" Dijo Olivia. "También te comiste todas las trufas".

Rachel miró el cuenco vacío.

Supongo que sí.

"Son pequeñas, así que tengo dos". Rachel se apresuró a quitarle el envoltorio a una de ellas y se metió una porción en la boca.

"Vas a ganar peso si sigues comiendo eso", dijo Tia.

"En realidad, parece que están teniendo el efecto contrario", dijo Rachel. "Estoy perdiendo peso".

Tia levantó las cejas. "Vigila esa pérdida de peso. Podría significar algo".

"Lo dudo".

¡Boom! ¡Crush! Un rayo iluminó la sede del club.

Las mujeres no dejaron de hablar.

"Olivia, ¿cómo va tu romance?" Preguntó Tia.

Eso es todo lo que Tia tenía que decir. El color de Olivia se iluminó desde el pecho hasta la frente. Ella también sonrió en respuesta.

"¡Oh, la vida es simplemente increíble!" Sus manos se

balanceaban en el aire. "Soy una chica feliz. Mi novio es maravilloso, cariñoso y todo un caballero".

"Oh, parece que la chica está enamorada", dijo Rachel.

"¿Estás enamorada?", preguntó Tia.

"Sí. Estoy enamorada de Ronald". Como si su piel no estuviera ya lo suficientemente roja, su coloración subió unos cuantos grados.

"Cariño, tu rostro parece un globo rojo", dijo Rachel, sonriendo.

"Bien, hemos hablado seriamente", comenzó Olivia, "y él ha estado insinuando una relación más permanente".

"¿Cómo mudarse juntos?" Preguntó Rachel.

"Sí".

"¿Qué has dicho?" preguntó Tia.

"Se supone que estoy pensando en ello". Olivia jugueteó con su collar, lo que era una señal segura de que estaba inquieta.

Miró con sus grandes ojos marrones a Rachel y luego a Tia y suspiró. "No quiero vivir con Ronald, ni con ningún otro hombre. Me gusta vivir sola. Después de criar a cuatro hijos sin padre, estoy encantada de poder hacer exactamente lo que me plazca, cuando me plazca, y luego decidir hacer todo lo contrario. Sólo porque puedo".

"Oh". Las dos señoras dijeron al unísono.

"Y si voy a vivir con un hombre, que sea mi marido", dijo Olivia, soltando otro suspiro. "Sí, eso es anticuado, lo sé. Pero eso es lo que soy".

"¿Has compartido esa noticia con Ronald?" Tia preguntó

"Todavía no. No es un tema fácil de tocar", dijo Olivia. "También es demasiado pronto para hablar de matrimonio. Pero con sus largos horarios, podríamos vernos con más frecuencia si yo viviera convenientemente en su casa."

"Sí, es un lío para estar en él", dijo Rachel, masticando su barra de caramelo.

"Bueno, yo digo que te quedes donde estás si eres feliz viviendo sola", dijo Tia. "Además, ¿por qué tiene que mudarse? ¿Por qué no puede mudarse?"

"Tiene una casa grande, así que no se mudará a un piso de dos habitaciones", dijo Olivia. "Y no espero que lo haga".

"La casa triunfa sobre el condominio", dijo Rachel, saludando al servidor. "Lo entiendo. Tal vez uno de ustedes proponga un plan alternativo".

"No hay prisa", dijo Tia, indicando al camarero que ella también quería una bebida.

"No hay prisa. Estoy de acuerdo", dijo Olivia, negando con la cabeza otro trago. "Señoras, tengo que hacer algo de papeleo antes de que se reanuden las clases tras las vacaciones de verano, así que me voy".

"Oh, ¿tan pronto?" preguntó Tia.

"Te echaremos de menos". Rachel le puso un rostro triste.

"Podemos ponernos al día la semana que viene", dijo Olivia, bajando la mano hacia su bolso. "Pero tengo que irme".

"Adiós", llamaron las señoras a Olivia.

Olivia se acurrucó en el sofá bajo una manta que tenía a mano para mantener los pies calientes. Por alguna razón, desde que le llegó la menopausia, siempre tenía los pies fríos. También se tapó las piernas con la manta. Satisfecha, Olivia abrió la Biblia que tenía en su regazo. Tal vez podría encontrar algunas respuestas aquí. Los dos gatos no tardaron en acomodarse a su lado.

"Hola, bebés". Respondieron con suaves ronroneos. El estruendo del exterior no parecía molestarles.

Al blanco le encantaba frotarse incesantemente en la

manta, dejando así muchos cabellos blancos pegados a ella. La negra se conformaba con apoyarse en Olivia y ronronear. Había decidido llamar a la blanca Perla y a la negra Ébano. Se estaban adaptando muy bien, probablemente porque se tenían la una a la otra como compañía.

Olivia se dio cuenta de que sus amigos no entendían sus dudas a la hora de irse a vivir con Ronald. Sabía que no lo entendían porque no eran religiosas. Tia había sido hindú, pero no parecía practicar ninguna religión ahora. Rachel, en cambio, tenía una relación poco estrecha con Dios. Rara vez asistía a la iglesia, aunque Joe sí lo hacía. Cuando asistía era a instancias de Joe porque era un día festivo. Era una de esas asistentes a la Pascua y a la Navidad.

Olivia abrió la Biblia en los Salmos, buscando orientación.

DIECINUEVE

CUANDO RACHEL LLEGÓ a la puerta de su casa, se había tomado dos barritas de chocolate, media docena de galletas, diez trufas y varios tés helados. Sin duda, estaba colocada. Sus pasos eran rocosos y su mano tenía dificultades para localizar el ojo de la cerradura. Ya había pasado la hora de la cena, así que no sabía qué había comido Joe, o incluso si lo había hecho. Tal vez estaba dormido. Esperaba que lo estuviera. No estaría contento con ella en su estado actual. Además, se sentía intratable por alguna razón. Esto era algo que él no necesitaba saber.

Al tocar las llaves para entrar, Rachel se sorprendió cuando la puerta se abrió. Mientras esperaba un ataque de Rufus, se preguntó por qué la puerta principal no estaba cerrada con llave. Cerró la puerta, pero todavía no había nada que se moviera a su alrededor. Ningún sonido. Ni el tintineo de las placas de identificación. Rachel no sabía si había patinado un ataque o qué había pasado. Encendió la luz y no vio nada. La luz no se encendió. Esa realidad la molestó. ¿Por qué Joe no había cambiado la bombilla? ¿Cómo iba a orientarse en la oscuridad y no ser atacada por Rufus? Seguramente ahora estaba a merced del perro. ¿Y por qué Joe no había cerrado la puerta principal?

"Raro. O tengo suerte". No estaba segura.

Rachel dio un paso adelante en la oscuridad y tropezó con la alfombra. Cayó al suelo y sintió dolor en la rodilla. "Uf, ¿por qué soy tan torpe?", murmuró.

Mientras intentaba levantarse de la alfombra en la oscuridad, Rachel recordó de repente que no había ninguna alfombra en su unidad. Tenía suelos de madera. La superficie bajo sus manos era definitivamente una alfombra. "Santo cielo, ¿dónde estoy?"

Sintiéndose desorientada, Rachel se dirigió hacia donde creía que se encontraba la puerta principal y extendió las manos para tantearla. Dio varios pasos antes de darse cuenta de que no había caminado tanto.

"¿Dónde estás, puerta?"

Rachel comenzó a llorar, incluso sollozando un poco después de tropezar de nuevo con sus pies. Balanceándose, consiguió mantenerse erguida.

"Vale, lo entiendo. Soy una chica mala esta noche. Pero por favor, ¡ayúdame a encontrar la puerta!"

Rachel oyó un ruido que reconoció como procedente del ascensor, así que se giró en esa dirección, dando cuidadosamente pasos de bebé hacia el sonido. Una vez que sintió la puerta, buscó el pomo y la abrió. Al salir al pasillo, se giró para ver el número de la unidad en la puerta. 810. Era la unidad de Eneida. Ni siquiera estaba en el piso correcto. Cerró rápidamente la puerta y volvió al ascensor. Rachel pulsó el botón de su planta, sintiéndose como una tonta. No tenía intención de decírselo a nadie.

Al llegar por fin a su unidad en la cuarta planta, Rachel se sintió aliviada al no encontrar a nadie en casa. Joe y Rufus debían de haber salido a dar un paseo de urgencia porque la correa no estaba en el gancho de la puerta. Rachel colocó su bolso en la mesa del comedor, pero lo volcó y su contenido se derramó. Al arrodillarse, descubrió que le dolía la rodilla derecha. Al mirar su rodilla, vio un corte que atravesaba la rótula y del cual brotaba sangre.

"Estúpido. Qué estúpido".

Se sentó junto al contenido que había en su bolso y comenzó a recoger los objetos que se habían caído. Barra de labios, polvera, talonario de cheques, cartera, todo estaba amontonado. Oyó el tintineo de las llaves cuando empezó a levantarse con los objetos en la mano. De repente, sintiéndose débil, no pudo mantener el equilibrio, así que volvió a caer. La puerta de entrada se abrió para mostrar a Joe y al perro que llegaban de su paseo. Allí estaba Rachel, sentada en el suelo con sus objetos en la mano, mirando a Joe y al perro. Tras soltarse de la correa, Rufus corrió inmediatamente hacia donde estaba sentada Rachel. Entonces el perro hizo lo que mejor sabe hacer Rufus: se abalanzó sobre Rachel, derribándola fácilmente de su posición sentada. Rufus se sentó a horcajadas sobre Rachel y le lamió el rostro y la cabeza. Ella protestó, pero no sirvió de nada. Intentó levantarse, pero el perro decidió poner todo su peso sobre su cuerpo. Ya no podía levantarse. La respiración era un problema.

"¡Levántate! ¡Suéltame!", susurró sin aliento.

"Ven aquí, Rufus", dijo Joe. "Sé un buen chico".

El perro se levantó y se acercó a Joe.

"¡Buen chico!" dijo Joe, dándole una palmadita en la cabeza.

Rachel levantó la cabeza para mirar a los dos. Sabía que su cabello estaba hecho un desastre, medio en el rostro. Refunfuñó mientras movía el cuerpo hasta ponerse de rodillas, y finalmente se puso de pie, tambaleándose. Los objetos de su bolso seguían en el suelo, pero prefirió no recogerlos. Intentando reunir algo de dignidad, se puso las manos en las caderas.

"Eres un desastre", observó Joe.

"Bueno, ¿qué esperas después de ser atacado por Sasquatch?"

"Supongo que no te habrías puesto en esa situación si no estuvieras borracho". Hizo su declaración de manera uniforme, sin levantar la voz.

"No estoy borracha", argumentó.

"Te estás balanceando; no te puedes parar bien; y pareces ebria", dijo. "Puedo verlo en tu rostro. Puedo olerlo. Fruta podrida en tu aliento. ¿Ginebra?"

Rachel no respondió. Sólo se balanceó un poco más.

Joe se alejó, sacudiendo la cabeza.

"¿Comiste?" Preguntó Rachel.

"No te preocupes por si he comido".

Joe entró en el dormitorio, se recostó en la cama y encendió la televisión. Después de unos minutos, Rachel entró en la habitación, de pie en la puerta. Se quedó mirando a su marido, que estaba tranquilamente viendo la televisión, ignorando su presencia. No sabía qué hacer, así que decidió darse una ducha. Tal vez una ducha fría la sacaría de su estado actual. No podía hacer daño.

Una vez en la ducha, Rachel abrió el grifo de agua fría. La temperatura fue un choque tan fuerte para su sistema cuando el chorro frío golpeó su cuerpo que dejó caer el gel de ducha. Alcanzó el gel y, sin darse cuenta, se empapó el cabello. Rápidamente se enderezó y añadió agua caliente. Cuando por fin terminó y salió del baño, se dio cuenta de que las luces del dormitorio estaban apagadas y la pantalla del televisor, a oscuras. Era demasiado pronto para irse a la cama, así que fue al salón. Allí encontró una manta y su almohada en el sofá. Joe las había puesto allí. *Está realmente enfadado*, pensó. A veces no lo demostraba y nunca le gritaba, pero había señales de que Joe estaba harto. Esta era una de ellas. Ella no podía recordar cuándo fue la última vez que él había hecho esto para mostrar su total desaprobación.

Rachel colocó la almohada en un extremo del sofá y aflojó la manta. Tal vez intentaría dormirse. Después de todo, estaba agotada. Últimamente su energía era inexistente, así que un poco de sueño extra no le vendría mal. Se estiró en el sofá y se tapó con la manta. En el momento justo, Rufus se acercó a ella y le dio un beso descuidado. Sólo necesitó un sorbo para cubrirle todo el rostro con su gran lengua. "Nuphhht. Vete", dijo ella, empujando su cuerpo peludo. Pero Rufus no la dejó en paz. No parecía dormir durante horas. Periódicamente, se acercaba a donde ella estaba tumbada, le daba un cariñoso sorbo con la lengua y volvía a su lugar de descanso. Rachel no se dio cuenta de que Joe no estaba realmente dormido cuando descubrió que había colocado la almohada y la manta para que ella las usara. Se había tumbado muy quieto, de espaldas a ella, para que pensara que estaba dormido. Entonces no quiso hablar con ella. Aunque sabía que no debían irse a la cama enfadados, tenía que adoptar una postura. La bebida de Rachel, en su opinión, estaba fuera de control. No podía tolerar su comportamiento por más tiempo. No, tenía que poner un límite, y éste era el momento.

Hacia las dos de la madrugada, Rachel pensó: *¿Por qué intento dormir en el sofá? Tenemos una habitación de invitados en perfecto estado, con una cómoda cama. Por el amor de Dios, no tengo que dormir aquí.*

Rachel se levantó, con la almohada en la mano, y se dirigió al otro dormitorio. Se metió en la cama de matrimonio y se echó las mantas al cuello. Rufus la siguió al dormitorio. Se sentó a la altura de los ojos, mirándola, hasta que decidió meterse en la cama con ella.

"¡Oh, no, no lo haces!", dijo ella, empujando a la bestia peluda fuera de la cama. "No me vas a mantener despierta por más tiempo con tus besos babosos".

Rachel se despertó por la mañana y encontró a Rufus profundamente dormido, con una pata delantera sobre su cintura y la cabeza apoyada en su hombro.

VEINTE

RACHEL ENTRÓ en su despacho con un café en la mano. Joe se había ido cuando ella se despertó. Debía de estar muy callado para que ella no le oyera moverse. Después de todo, su sueño había sido interrumpido, gracias a Rufus. Así que el café estaba a la orden del día. Mucho café. Ignorando la advertencia de Loretta sobre la cafeína, Rachel sabía que la necesitaba para despertarse. Pero estaba tan agotada que sentía que sus piernas se arrastraban al caminar. Si el deber no la llamara, Rachel habría vuelto a la cama.

Había mensajes en el buzón de voz. Uno decía que la gente de seguridad llegaría antes de lo acordado el día anterior. Más temprano. No es lo que ella quería oír. Buscando en el cajón de su escritorio, localizó el ibuprofeno. Tres. Era un día de tres pastillas. No tardó en llegar el equipo de seguridad.

"¿Rachel?", preguntó el hombre al entrar en su despacho.

"Sí, ¿y tú estás con Ace?", preguntó ella, levantándose de su silla.

"Sí, señora. Ya he comprobado un poco el exterior al entrar", dijo. "Me parece un trabajo fácil".

"Me alegro de oírlo", dijo ella, sentándose de nuevo.

"Aquí está lo que hemos hablado por teléfono", dijo, entregándole los papeles. "Míralos y añade algo si lo necesitas".

"De acuerdo, lo haré".

"Así que vamos a empezar ahora". El hombre asintió y salió de su despacho.

Rachel estudió el contrato con el papeleo que lo acompañaba. Su mente empezó a divagar y pronto pensó en Joe. Su dulce, cariñoso y maravilloso marido. El tipo que daría su vida por ella, sin hacer preguntas. El hombre más devoto que había conocido. Él la amaba. *A ella.* Bueno, tal vez no la amaba tanto esta mañana. No después de la actuación de anoche. Se había comportado como una borracha... y se había sentido borracha, por no decir, enfadada. Rachel estaba confundida porque ni siquiera había tomado una copa de vino. Y se sentía avergonzada, además de arrepentida. ¿Cómo podría compensar a Joe?

Recordó cómo Joe siempre disfrutaba de una buena comida. Como dice el viejo refrán: El camino al corazón de un hombre es a través de su estómago. Eso era muy cierto para Joe. Ella lo había conocido en una pequeña cafetería cerca de donde él supervisaba a un equipo que construía un banco. Él acudía todos los días a la cafetería para almorzar. Ella también era asidua a la cafetería, ya que estaba cerca de su oficina. Tal vez no todos los días como Joe, pero a menudo llegaba para almorzar. Ella había observado que Joe siempre estaba allí, así que finalmente se fijaron el uno en el otro. Joe fue el que dio el primer paso después de un par de semanas de asentir y sonreír.

"Te veo aquí todo el tiempo", le había dicho mientras estaba sentada en la mesa. "Creo que deberíamos conocernos".

A ella le gustó la idea y sonrió, así que se presentó.

"Soy Joe Barnes".

"Rachel Brady".

"Dirijo esa obra de construcción al otro lado de la calle", dijo, apoyando las manos en el respaldo de la silla mientras hablaba. "Este lugar es muy conveniente. La comida también es buena".

"Estoy a la vuelta de la esquina, en la oficina del abogado", dijo ella, tomando contacto con el hombre.

"¿Le importa?", preguntó, levantando las manos ligeramente por encima de la silla, indicando que le gustaría sentarse.

"No, está bien. Por favor".

Joe se sentó frente a Rachel, y su relación comenzó. Hace casi treinta años. Joe tenía veintiséis años, Rachel veinticuatro.

"Tenemos que hablar", dijo Rachel, en cuanto Joe entró por la puerta.

Estaba sentada en la mesa del comedor con un vaso de té helado. Rufus hizo su habitual saludo alborotado a Joe.

"De acuerdo", dijo, caminando hacia la mesa, dando una última palmada a Rufus. "Habla".

"Actué como si hubiera bebido demasiado anoche, pero creo que sólo estaba con un subidón de azúcar o tal vez con un bajón. Fue un día largo; una semana larga. Me dejé llevar, comí chocolate y galletas, no sé...", explicó encogiéndose de hombros. No mencionó el error de entrar en la unidad de Eneida.

"Um". Joe se quedó mirándola, esperando más.

"No me gustaba dormir en el sofá", dijo, su rostro parecía un poco triste. "Me sentía sola. Sólo tenía a Rufus, y no paraba de despertarme, de babearme. El gato me evitaba. Entonces me fui al otro dormitorio".

"Um".

"¿Qué puedo decir? Lo siento". Ella esperó a que él respondiera.

Joe permaneció en silencio. Estaba claro que no iba a ponérselo fácil. ¿Su relación estaba en crisis?

"Bueno, al menos no tuviste que preocuparte de que yo condujera", dijo con una gran sonrisa en el rostro.

Joe no parpadeó y, desde luego, no esbozó una sonrisa. No vio nada divertido ni reconfortante en su comentario. Se quedó con la mirada perdida. Rachel se retorció de incomodidad. Esto no estaba saliendo bien.

"Pensé que íbamos a hablar. ¿No tienes nada que decir?", preguntó ella. "¿No vas a perdonarme?"

Joe se sentó de nuevo en la silla y cruzó los brazos sobre el pecho. "Tengo dos palabras para ti: deja de beber".

El rostro de Rachel se hundió en el pecho. Eso fue duro. No era lo que ella esperaba escuchar. Joe siempre la perdonaba. ¿Qué era diferente esta vez? No era que ella hubiera destrozado el coche. Nada tan grave.

"Joe, no entiendo..."

"Sé que no lo sabes. Entonces, escúchame", dijo.

Joe se inclinó hacia delante y apoyó los antebrazos en la mesa. La miró seriamente y comenzó a hablar.

"Te amo, pero detesto tu comportamiento", dijo. Las palabras hirieron a Rachel. "No soporto tu forma de beber. Es cierto que no te emborrachas todas las noches, pero lo haces con frecuencia. Y eso me parece repulsivo. Si crees que voy a tolerar ese comportamiento, te voy a decir que no es cierto".

Rachel se sentó en la silla con los brazos cruzados sobre el pecho y los ojos empezaron a llenarse de lágrimas. Las palabras que estaba escuchando se le clavaron en el corazón como si fueran mil palillos disparados por una pistola de balines. Cada palabra atravesaba una nueva ternura.

"No puedes seguir bebiendo como lo estás haciendo y esperar que siga siendo tu marido".

El rostro de Rachel se estrujó inmediatamente en un feo

llanto cuando escuchó estas palabras. Levantó ambas manos hacia su rostro y sollozó entre sus manos.

"Sé que te duele escuchar esto, y debes saber que me duele decírtelo. Pero he terminado", dijo, recostándose en la silla. "No me divorciaré de ti, eso va en contra de mis creencias religiosas, pero no seguiré viviendo contigo si no dejas de beber".

Rachel se dio cuenta de que la situación era mucho peor de lo que había imaginado. Joe amenazaba con dejarla. Su dulce Joe. ¿Cómo podía estar ocurriéndole esta barbaridad? La ansiedad era tan intensa por esta discusión, que Rachel estaba teniendo un dolor físico en el pecho. La opresión en el pecho le dificultaba la respiración y el dolor se extendía hasta la espalda. El dolor en las piernas era suficiente para haber corrido una maratón el día anterior.

"Pero Joe, yo no soy..."

Él levantó la mano para detenerla. "No quiero que digas nada. Quiero que pienses en lo que he dicho. Quiero que duermas en el sofá, en el otro dormitorio, no me importa cuál. Y cuando hayas tenido el tiempo suficiente para pensar en todo esto", dijo expandiendo los brazos, "entonces ven a hablarme con tu solución".

"¿Solución?"

"Solución. Las disculpas no cuentan. No ahora".

Los ojos de Rachel se agrandaron al pensar en qué hacer.

Joe se levantó, caminando hacia la puerta.

"Voy a salir a comer. No tienes que cocinar para mí", dijo, cerrando la puerta tras de sí.

Y con eso, Joe se fue y Rachel se quedó contemplando el peor día de su vida.

VEINTIUNO

RACHEL PASÓ esa noche recogiendo algunas cosas del amo para hacer más cómoda su estancia en el dormitorio de invitados. Estaba enfadada y sentía que necesitaba tiempo para estar a solas con sus pensamientos, más que una o dos noches. Tiempo para resolver lo que le ocurría. Además, Joe necesitaba tiempo para extrañar su presencia. Trajo algunos de sus artículos de tocador y maquillaje, colocándolos en el baño de invitados. Ahora estaba preparada para unas vacaciones de Joe, aunque, en el mismo apartamento.

Pero cuanto más traía, más pensaba traer. Y más se enfadaba. Con cada viaje de vuelta al dormitorio, sentía que sus mejillas pasaban cada vez más de estar calientes a serlo. Su mandíbula se endureció y sintió que la terquedad la envolvía. La rebeldía se convirtió en su amiga. Sabía que había chocolate y galletas en los armarios y que la bolsa de Cheetos estaba en la despensa. ¡Libros! Necesitaría algunos libros. Rachel prometió mostrarle a Joe lo solo que se sentía sin ella. Tres o cuatro noches deberían traer la respuesta apropiada de él. *Me rogará que vuelva.*

Tras organizarlo todo por fin, Rachel se cambió de ropa y eligió un bonito camisón para ponerse. No le quedaba bien, era demasiado grande, pero prefirió no cambiarlo. Se sentó en la cama de la habitación de invitados con los pies bajo las sábanas, una botella de Coca-Cola de dos litros en la mesita auxiliar y una chocolatina en la mano. Los Cheetos y las galletas descansaban al otro lado de sus caderas. Sin embargo, *no estaba bebiendo*. Además, ¿quién era él para no creerla? En ese preciso momento, la puerta del dormitorio se abrió de golpe.

Joe se quedó en la puerta. Rachel estaba tan enfadada que le lanzó una mirada fulminante.

No se intercambiaron palabras. No fueron necesarias. Joe salió de la habitación, cerrando la puerta.

Olivia entró en el lavadero y desplegó su silla de jardín. Cogió un pequeño bloque de madera que había traído y lo introdujo entre la puerta y la jamba para poder asomarse. Sentada en la silla, tenía una vista perfecta de cualquier actividad que ocurriera en la unidad de los Rogers. Pensó en pedirle a Penélope que prestara más atención a sus vecinos, pero se dio cuenta de que ése era su comportamiento normal. Tal vez entre las dos observaran la actividad sospechosa. Había que hacer algo. La policía se movía con demasiada lentitud.

Notó que Lola salía de su unidad y casi se asustó cuando pensó que la mujer venía al lavadero. Pero se dio la vuelta y volvió a entrar en su unidad. Cuando Lola salió la siguiente vez, tenía su bolso y sus anteojos de sol. Desapareció tras las puertas del ascensor.

Cuando Olivia ya no podía oír el ascensor, vio a Marc salir de la unidad y mirar de un lado a otro, sugiriendo a Olivia que no quería ser visto. Se dirigió a la unidad de Eneida y trató de abrir la puerta sin éxito. Obviamente molesto, Marc volvió a su unidad. Olivia estaba desconcertada. ¿Por qué quería Marc entrar en esa unidad? Se había llevado todas las pruebas que rodeaban el asesinato. Imaginó que el equipo de materiales peligrosos ya había limpiado el desastre. ¿Qué podía esperar encontrar?

Mientras Olivia contemplaba lo que había visto, la puerta se abrió de repente.

"¿Qué estás haciendo?" Ruby preguntó. "Ese es un lugar raro para sentarse".

A Olivia le pilló desprevenida, sin poder pensar en una excusa lógica.

"Ni siquiera tienes las luces encendidas", dijo Ruby, pulsando el interruptor. "¿Por qué estás sentado aquí en la oscuridad?"

"Yo, eh, estaba", tartamudeó Olivia. "Bueno, si quieres saberlo, estaba meditando".

Ruby la miró con desconfianza. "¿Meditando? ¿En el lavadero?"

"¿Por qué no?"

"Porque aquí hay mucho ruido con las máquinas funcionando".

"Ahora no hay ninguno corriendo, así que está tranquilo. Muy tranquilo. Hasta que llegaste tú".

"Huh. ¿Qué es ese trozo de madera?" Ruby miraba el bloque de madera en el suelo, ahora empujado a un lado de la puerta.

"Necesitaba un poco de luz".

"Ya veo". Era obvio que Ruby no veía en absoluto, ni creía a Olivia. "Lo que sea. Vine a buscar mi ropa sucia".

"Oh, bueno, déjame salir de tu camino", dijo Olivia, levantándose rápidamente y doblando la silla con un suave movimiento. Mientras Ruby se ocupaba de amontonar la ropa limpia en un cesto, Olivia recuperó la madera del suelo y se apresuró a abrir la puerta. "Adiós, Ruby".

"Sí, adiós". Mientras escapaba del lavadero, Olivia vio a la anciana sacudiendo la cabeza.

Rachel estaba sentada detrás de su escritorio, dando un sorbo de agua y pensando en su actual situación matrimonial, cuando el detective France entró por la puerta. La saludó con la cabeza.

"Buenos días", dijo con una gran sonrisa. "Espero que te vaya bien".

"No tan bien como parece. Esta mañana estás más animado que de costumbre", dijo Rachel.

"Umm, podría ser", respondió, aun sonriendo.

"Vale, ¿quieres compartirlo? Tengo curiosidad", insistió Rachel. "O entrometida, lo que sea".

"Bueno, ya que preguntaste", comenzó, "mi esposa y yo estamos embarazados". Se dejó caer en la silla, pareciendo muy satisfecho con sus noticias.

"¿De verdad? ¡Vaya! Es una noticia maravillosa", dijo con una pequeña sonrisa. Rachel recordó aquellos primeros días de matrimonio. El embarazo era algo importante. Aquellos tiempos eran tan emocionantes, llenos de esperanza y felicidad. "Me alegro mucho por ti".

"Estamos muy contentos. Es nuestra primera vez". No pudo contener su sonrisa.

"¿Y de cuánto tiempo estás?"

"Justo unas ocho semanas", respondió. "Y, no, no queremos saber qué es".

"¡Maldición!"

El detective se rió. "Siempre tenemos esa reacción".

"Es una noticia maravillosa, pero no es por lo que estás aquí". Ella levantó las cejas con curiosidad.

"Bien, al grano", dijo. "Lo que hemos descubierto hasta ahora es esto: Su amiga conocía a su atacante y le dejó entrar de buen grado, tanto si le llamó por la puerta principal como si le abrió la puerta de su apartamento a un vecino".

"Sí, ya lo hemos establecido", dijo Rachel, esperando alguna información que no conocía.

"Sí, lo hicimos, más o menos".

"¿Hablaste con Marc?", preguntó.

"Sí, me senté con él después de que se desvinculara por abusar de su esposa".

"¿Cómo fue eso?"

France se encogió de hombros. "Es difícil de decir. No decía tener ninguna relación real con Eneida. Se veían en el pasillo, en la lavandería. Él sabía quién era ella. Había oído que la habían asesinado. Todo estaba bastante suelto".

"Pero, ¿podría ser un sospechoso?" A Rachel no le estaba gustando lo que estaba escuchando. ¿Cuándo iban a encontrar al monstruo que acabó con la vida de su amiga?

"No hay nada sólido que apunte hacia él", dijo France. "Parecía bastante relajado, teniendo en cuenta que estaba siendo interrogado. Era creíble".

"Bueno, ¿dónde estaba cuando ocurrió el asesinato?"

"En casa. En la cama, probablemente. La hora de la muerte es aproximada".

"¿No escuchó *nada*? El apartamento de Eneida estaba desordenado, como si tal vez se hubiera resistido", dijo Rachel. "¿Nada?"

"Ni un ruido".

"Y, por supuesto, su esposa dice que estaba con ella", dijo.

"Absolutamente".

"Bien". Rachel estaba frustrada. "Entonces, ¿dónde deja eso el caso? ¿En el limbo?"

"A menos que se encuentren nuevas pruebas, el caso está

en un callejón sin salida", dijo France. "No me gusta tener que decir eso. Las noticias de este tipo siempre irritan a la gente. Pero no tenemos sospechosos, ni pistas".

"¿Qué ocurre con Jorge en el refugio? ¿Hablaste con él?", preguntó.

"Me ayudó mucho hablándome de Eneida y del refugio", respondió France. "Parecía un tipo decente, cariñoso. Un amante de los animales". Se encogió de hombros. "No un asesino".

"No, no lo es", aceptó Rachel. "¿Pero no podría darte alguna idea de alguien que pudiera haber cometido el asesinato de su jefe?"

"Nada. No conocía su vida personal".

"Por supuesto que no. Ni siquiera sabía mucho de su vida personal, por lo que he descubierto. Y era una amiga íntima". Rachel apoyó la cabeza en su silla, mirando al detective con desconcierto. Esto la desanimaba mucho. Ella quería que se hiciera justicia, que se encontrara al asesino. ¿Por qué la policía no podía encontrar al asesino?

Bajando la cabeza, France se levantó. "Siento no tener más noticias que compartir o algo esperanzador".

"¿Y Penélope? ¿Podría haber oído algo?", se le ocurrió preguntar de repente. "¿Hablaste con ella?"

"Fue una de las primeras. No oyó nada", dijo, señalando con las manos su cabeza. "Los audífonos, ya sabes".

"Por supuesto. Ella no los tenía", dijo Rachel. "La Tercera Guerra Mundial está ocurriendo dos puertas más abajo, y ella no tiene ni idea".

"Te avisaré si aparece algo, pero en este momento, no tengo esperanzas", dijo France, dirigiéndose hacia la puerta.

"Pero, ¿qué hay de ese hombre misterioso, el del abrigo y el sombrero? ¿Tal vez sea el asesino?"

"No tenemos nada sobre ese hombre. Ningún vídeo,

ningún nombre, absolutamente nada", respondió. "La información que recibimos fue de una llamada anónima. ¿Tal vez el hombre misterioso ni siquiera existe?"

"¿Y el visitante? ¿No pudiste averiguar quién era?"

"Lo siento".

"Lo entiendo. No puedes crear un asesino. Sólo estoy frustrado. Pero gracias por venir".

Gracias por nada.

Rachel sabía que no era culpa suya que el caso estuviera en un callejón sin salida. Sabía que era un buen detective. Sólo era frustrante no tener ninguna respuesta. Volviendo a lo que estaba haciendo, que era escribir cheques, firmó con su nombre una docena de veces. El cheque que escribió para el sistema de seguridad del condominio era ciertamente un precio justo. Rachel no entendía por qué nadie había visto la necesidad de instalar uno antes de que ella se convirtiera en gerente.

La puerta se abrió de nuevo y entró una mujer que Rachel no conocía.

"Hola. ¿Tú debes ser Rachel?", dijo, extendiendo su mano. "¿Llamé ayer para alquilar una unidad?"

La mujer era muy atractiva, bastante rubia, con el cabello a la altura de los hombros, y una figura que crearía envidia en el corazón de toda mujer. Tenía las uñas tan largas que Rachel se preguntaba cómo se las arreglaba para hacer algo, como atarse los cordones de los zapatos. Pero llevaba botas, así que tal vez eso no fuera un problema.

"Me llamo LuAnn Riley". Tenía un acento sureño tan fuerte que parecía que se había criado en los bosques de Mississippi, había rodado por Alabama y había paseado por Kentucky.

"Encantado de conocerte, LuAnn".

Rachel se volvió hacia el armario de las llaves y sacó la llave correcta del apartamento.

"Te mostraré la unidad, si me sigues", dijo Rachel.

"Si es la mitad de bueno de lo que has descrito, seguro que lo acepto", dijo LuAnn.

"El ascensor está justo fuera de esas puertas", dijo Rachel, señalando las puertas por las que había entrado LuAnn, visibles a través de las ventanas del suelo al techo que rodeaban su despacho. "Usarás esta llave redonda para abrir la puerta que lleva al ascensor en ese cubículo de cristal". Rachel le indicó el camino hacia el ascensor, demostrando lo que acababa de decir. "Le tocará el timbre a cualquier visitante que quiera llegar al ascensor".

El apartamento de Eneida no era el que iba a mirar. Todavía no estaba en condiciones de ser visto, y mucho menos de ser vendido o alquilado. Rachel esperaba que la hija de Eneida lo pusiera a la venta, una vez terminados los trámites legales. Hazmat había hecho una limpieza profesional en los últimos dos días. Rachel se estremeció al pensar en limpiar la sangre de las paredes y el suelo.

Después del viaje en ascensor, LuAnn y Rachel entraron en la unidad que estaba en alquiler. LuAnn se quedó con la boca abierta ante lo que vio.

"¡Oh, me encanta!"

"Pensé que lo harías".

"Oh, todo lo que necesito es un repaso rápido", dijo LuAnn, y corrió por el pasillo hacia el dormitorio principal. Regresó rápidamente y se dirigió al dormitorio de invitados y al baño.

"Realmente no podría pedir más", dijo, entrando en la cocina. "Esto es absolutamente perfecto. Es todo lo que necesito. Y me encanta la vista de la piscina".

"Bien, entonces, volvamos abajo y firmemos tu contrato de alquiler", dijo Rachel. "Los Chappel son gente estupenda. Si tiene algún problema, póngase en contacto con ellos, no conmigo", dijo Rachel, colocando el contrato de arrendamiento delante de LuAnn una vez que volvieron a la oficina. “Sus datos están en la última hoja. Te daré una copia de esto”.

“¿Y te doy la cuenta?”

“Esta vez, sí. El próximo mes pagas a los Chappels por correo”.

“Estoy deseando mudarme”. Rachel se dio cuenta de que LuAnn logró firmar el cheque, a pesar de sus garras.

“¿Cuándo esperas hacerlo?”

“Mañana a primera hora. No puedo esperar”. LuAnn era todo sonrisas mientras entregaba el cheque a Rachel.

“Bienvenido a casa”. Rachel siempre le decía eso a la gente. Les hacía sentir bien.

“Si no le importa que le pregunte, ¿a qué se dedica?”

“Soy un cantante de country, cariño. ¿No te das cuenta?”

Ahora que LuAnn ha dicho eso, sí, encaja. Se parecía a una versión más joven de Dolly Parton, con el pecho grande. Y las uñas largas.

VEINTIDÓS

Y ASÍ, las chicas se reunieron de nuevo en su lugar favorito, la casa club.

"Sí, es muy guapa, pechugona, sureña y tiene las uñas extrañamente largas", dijo Rachel, dando un sorbo a un vaso de té helado. Miró las galletas. Hoy son de avena.

"Bueno, es una adición única a la comunidad", dijo Olivia, también sorbiendo.

Frunciendo un poco el ceño, Tia dijo: "¿Un cantante de country? Bueno, fácil viene, fácil se va. ¿Cómo paga el alquiler?"

"Ese no es mi problema", dijo Rachel. "Ella alquila a los Chappel. Además, podría estar bien económicamente. No lo sabemos".

"Me pregunto si habrá grabado algún disco", preguntó Olivia.

Rachel se encogió de hombros. "Ni idea. No he oído hablar de ella".

"Podría tener fiestas salvajes", dijo Tia, volviendo a colocar su vaso en la mesa. "Te causará alguna preocupación".

“Entonces, llamaré a la policía”, dijo Rachel, haciendo un gesto al servidor. “No es mi problema. Todavía”.

Aquí estaba, de nuevo con las chicas. Bebiendo té y comiendo chocolate y galletas, *¡qué vergüenza!* Joe probablemente estaría durmiendo cuando ella llegara a casa. Ella podría deslizarse en el otro dormitorio sin que él lo supiera. Sólo tendría que lidiar con Rufus. Además, ahora no comían juntos, no desde su encuentro, la gran discusión. Cada uno vivía más o menos como quería. Había pasado una semana desde que se inició la situación de los dormitorios separados. Hasta ahora, Joe no la extrañaba lo suficiente como para venir a rogarle que volviera a su dormitorio. *Él se lo pierde*, pensó Rachel.

“Y así, O-li-vi-a”. Rachel enfatizó cada sílaba de su nombre. “¿Cómo va el gran romance?”

“Lo estamos haciendo bien”.

“¿Ya te has mudado?”

“No. Y no voy a hacerlo”. Olivia parecía bastante perturbada. “Ya te he dicho que no *quiero*. Perdona, pero tengo perfecto derecho a decir que no”, dijo Olivia. “Prefiero vivir sola”.

“¿Cómo funciona eso si estás casado?” preguntó Rachel.

“Esa es la cuestión. Nos casamos”, dijo Olivia.

“¿Qué dice de todo esto?” preguntó Tia.

“Tuvimos una charla y está pensando en lo que le dije”. Olivia echó la cabeza a un lado.

“Pero es demasiado pronto para hablar de matrimonio. Tú mismo lo dijiste”, dijo Rachel.

“Sí, pero al menos he puesto los límites. Si nos casamos, entonces me mudo. Si no, me quedo donde estoy viviendo”, dijo Olivia. “Parece que lo entiende”.

Tia y Rachel intercambiaron miradas.

“Cambiemos de tema”, dijo Olivia con un gesto de la mano.

"Hoy he hecho algo de investigación".

"¿Adivinar?" preguntó Tia, dejando su vaso en el suelo.

"Sí. Estaba espiando a la unidad Rogers".

Rachel se sentó un poco más recta. "Bueno, cuéntanos".

Olivia les contó a las chicas su hazaña de ese mismo día. "Y entonces Ruby irrumpió en el lavadero. Me dio un susto de muerte. No sabía qué decir".

"Entonces, ¿qué has dicho?" preguntó Rachel, empezando a sonreír.

"Dije que estaba meditando".

"¿Meditando? ¿En el lavadero?" preguntó Tia.

"Esa fue la reacción de Ruby, también", dijo Olivia. "Fue la mejor explicación que se me ocurrió".

Rachel sonrió. "Apuesto a que Ruby no te creyó".

"No creo que lo haya hecho".

"¿Desde cuándo meditas?" preguntó Tia.

"No lo sé".

"Entonces, ¿por qué has dicho eso?" preguntó Tia.

"Porque no podía pensar en otra cosa", dijo Olivia. "No podía decir: «Estoy espiando a los Rogers»".

"Me pregunto qué quería Marc en la unidad de Eneida", preguntó Rachel, mirando su vaso como si esperara que se formara una respuesta.

"Probablemente esté buscando el arma homicida", dijo Tia. "Él lo hizo. Sé que lo hizo".

"No deberías decir eso. No lo sabemos con seguridad", dijo Rachel, mirando a Tia. "Todas las pruebas han sido retiradas y la unidad fue limpiada, así que no puedo imaginar lo que pensó que encontraría allí".

"Yo también", dijo Olivia.

Cuando volvieron a mirar sus bebidas, se dieron cuenta de que había alguien de pie junto a la mesa. Era LuAnn.

"¡Hola a todos!" Sonrió ampliamente a las damas sentadas

en la mesa.

"Oye, LuAnn, únete a nosotros", dijo Rachel.

LuAnn se sentó con su jarra de cerveza, ajustó su silla y escaneó todos los rostros.

Rachel hizo las presentaciones y todas las chicas la saludaron.

"Los vi por aquí y pensé, ¡oh, no les importará que me acerque a saludar!". LuAnn se entusiasmó, sonrió y actuó con alegría. "Todavía no conozco a la gente. Soy nueva".

"Eres bienvenida a unirte a nosotros cuando quieras", dijo Olivia, dándole una palmadita en el brazo. "Nos reunimos para ponernos al día un par de veces a la semana, por lo menos".

"¿Te has mudado?" Preguntó Rachel.

"Cariño, estoy oficialmente aquí. Y estoy muy emocionada". Sus labios llenos adornaron el lado de la taza mientras ella sorbía su cerveza.

"Rachel nos dijo que eres una cantante de country", dijo Tia.

"Sí, esa es mi profesión. Canto con un par de bandas en la ciudad, así que me mantengo bastante ocupada los fines de semana", respondió LuAnn.

"¿Tocas la guitarra?" preguntó Rachel.

"Querida, no preguntarías eso si vieras mi apartamento. Tengo unas veinticinco guitarras colgadas en las paredes, mi colección", dijo LuAnn, flexionando los dedos de su mano derecha.

"Si no te importa que te pregunte", dijo Tia, "¿cómo juegas con las uñas tan largas?"

LuAnn se rió. "La gente siempre me pregunta eso, hasta que actúo delante de ellos", respondió, mostrando sus uñas al aire. "Verás, la mano derecha hace el rasgueo, así que en lugar de una púa, uso mis uñas. Hago unos acordes mínimos con la mano izquierda, sobre todo usando la longitud de mi dedo a través de las cuerdas. No soy un Keith Urban en el apartado de la guitarra. Mi reclamo a la fama es cantar".

"¿Pero tienes veinticinco guitarras?" preguntó Rachel.

"Son de diferentes colores y diseños", explica. "Los coordino con mis trajes. Cariño, queda muy bien en el escenario".

Todas las chicas asintieron, como si lo hubieran entendido.

"¿Viajas mucho?" preguntó Tia.

"Solía hacerlo, en mis días de juventud. Todavía salgo de gira a veces", dijo LuAnn. "Sobre todo en Florida. Si no, me quedo en esta zona".

Rachel estaba evaluando a LuAnn mientras hablaba. Desde luego, era bastante agradable, bonita y vivaz. ¿Era la sustituta de Eneida en sus reuniones? En realidad, nadie podía sustituir a Eneida. Pero tal vez era una nueva amiga. El tiempo lo diría.

Rachel lo tenía todo planeado... entrar en el apartamento sin causar un alboroto. Definitivamente no quería despertar a Joe. Tampoco quería encontrarse con otra pelea en el piso con Rufus. Tan silenciosamente como le fue posible, abrió la puerta, se guardó las llaves en el bolsillo, abrió la puerta, empujó la alfombra a un lado con el pie, cerró la puerta tras ella y miró a su alrededor en busca de su atacante. Nada. Hasta aquí, todo bien.

Con un chupete de perro en la mano, se aventuró hacia el dormitorio. Atravesando el comedor y el estrecho pasillo, no se encontró con ninguna bestia peluda. ¡Qué suerte! Rufus debe estar profundamente dormido en la habitación de Joe. ¡Bienvenido sea! Puso el chupete sobre la encimera del tocador que separaba el baño del dormitorio, y luego giró a la derecha en el dormitorio. Encendió la luz del techo, y se encontró con un guau. Rufus la esperaba en la cama, en modo de alerta. Se encontraron. Sus ojos se encontraron con los de ella. Ningún movimiento. Silencio. Quietud. Ninguno de los dos se atrevió a moverse. Y entonces se abalanzó. Rufus saltó de la cama, volando en el aire, hasta que sus patas delanteras aterrizaron en los hombros de ella, impulsándola hacia atrás. Rufus se colocó encima de ella, lamiéndole el rostro con avidez, mientras la inmovilizaba por los hombros con sus grandes patas peludas.

"¡Mop! ¡Noph! ¡Raf! ¡Uuuff!"

Nada ayudó, no importaba lo que ella intentara decir. Rufus se empeñaba en babear a su mamá. Joe no acudió a rescatarla esta vez. O bien no la oyó, lo que era probable ya que ella estaba en el lado opuesto del apartamento, o simplemente no decidió acudir en su ayuda. Sea como fuere, Rachel tuvo que hacer todo lo posible para desprenderse de su propio Sasquatch personal.

Después de forcejear con Rufus e intentar contener su exuberancia, Rachel pudo por fin arrastrarse de debajo del perro. Limpiándose la ropa con las manos para desalojar todo el cabello depositado, miró por debajo de la nariz a Rufus.

"Tú", dijo ella, apuntando con el dedo hacia él. "Eres malo".

Rufus agachó la cabeza. Rachel empezó a prepararse para ir a la cama.

Cuando se metió en la cama, Benny se había unido a la fiesta. Estaba sentado junto a su almohada, ronroneando como un loco. Rachel se acercó para acariciarle la cabeza.

"Qué buen gatito", arrulló. "Nada como tu gran hermano peludo de allí".

Rufus se sentó en un rincón, lanzando miradas lastimeras en su dirección.

Rachel se acostó en su cama, sin que Benny se moviera ni un ápice. Una vez que ella se puso cómoda y se durmió, Rufus se subió a los pies de la cama para pasar la noche.

VEINTITRÉS

RUBY ENTRÓ a toda prisa en el despacho de Rachel, muy temprano. Rachel apenas se había sentado a dar un sorbo a su café.

"Bueno, yo no soy como Penélope", espetó Ruby.

Esa era una afirmación ciertamente verdadera, pensó Rachel. ¿Cuál era su problema tan temprano en la mañana?

"Pero el ruido procedente del apartamento de al lado no favorece mi sueño ni mi tranquilidad". Ruby se puso delante de Rachel, con los brazos cruzados sobre su huesudo pecho, que para variar estaba completamente cubierto por una camiseta poco habitual sobre unos pantalones cortos.

"¿En cuál? Vives entre dos apartamentos".

"La que acaba de mudar esa zorra". La expresión de Ruby era de enfado.

"¿Zorra?" Ruby llamando a alguien zorra era casi cómico. "¿Quién es esta persona, Ruby?"

"Ya sabes, no finjas. Probablemente también sea un amigo tuyo", se quejó Ruby.

"¿Te refieres a la atractiva dama rubia? Yo no la llamaría zorra", dijo Rachel.

"Por la forma en que se pavonea en la pasarela, creo que es una fulana", dijo Ruby.

"Se te notan los celos".

Ruby adoptó una postura defensiva, con las manos en las caderas. "¡No estoy celosa! ¿De qué tengo que estar celosa?"

Rachel decidió dirigir la conversación. "De acuerdo, entonces, ¿cómo es que ella te está causando un problema?"

"Toca la guitarra a todas horas. Incluso a primera hora de la mañana". Ruby decidió finalmente sentarse. "Y canta. Más bien canta".

A LuAnn le encantaría saber que su vecina pensaba que su voz sonaba como un maullido.

"De acuerdo, hablaré con ella, pero", empezó Rachel, "tiene derecho a tocar su guitarra (y a cantar) durante las horas normales. Tendrás que adaptarte a su forma de cantar".

"¿Por qué tengo que ser yo quien se adapte?"

"Porque ella tiene derechos al igual que tú. El ruido desmesurado es una cosa, el canto normal, que resulta ser su carrera, por cierto, está bien".

Ruby se quedó mirando a Rachel. Se dio cuenta de que Ruby estaba pensando. Al parecer, la anciana empezaba a estar un poco acomodada en sus costumbres. Ruby se levantó y se dirigió a la puerta, dándose la vuelta brevemente.

"De acuerdo, haz que se calle durante las horas normales de la tarde, cuando creas que es", dijo Ruby, y se marchó.

La siguiente acción de Rachel fue llamar a LuAnn. Después de que LuAnn contestara el teléfono, Rachel le explicó sobre la queja.

"¿Tal vez podrías restringir las veces que tocas y cantas?" sugirió Rachel. "Nada después de las diez; nada antes de las diez de la mañana. ¿Qué te parece?"

"Puedo hacerlo", respondió LuAnn. "Cariño, no me di cuenta de que las paredes eran tan finas que cualquiera podía oírme".

"Otra cosa, podrías intentar ser amable con Ruby. Ella es realmente un encanto, sólo un poco crujiente a veces".

"La he visto en el paseo y la he saludado", dijo LuAnn. "Ella gruñó y asintió. Querida, no era nada amigable".

"Creo que está celosa de ti".

"¿En serio? Oh, Dios".

"Ruby es un personaje. Probablemente ya lo has adivinado", dijo Rachel con una risita.

"Bueno, sí, es difícil de perder", dijo LuAnn. "Me recuerda a una madama de mi país".

"¡No le digas nada de eso!"

"Oh, no lo haré, no te preocupes", dijo. "Trataré de ser extra dulce con ella, de ganármela".

"Te lo agradezco", dijo Rachel. "Que tengas un buen día".

Ahora bien, si todas las quejas se pudieran tramitar y resolver tan fácilmente, Rachel estaría contenta.

Joe estaba en el aparcamiento haciendo un poco de limpieza. Los niños habían ensuciado el estacionamiento la noche anterior, así que se había auto asignado la tarea de recoger la basura. Rachel no le había pedido que hiciera ningún mantenimiento, así que estaba realizando trabajos menores que estaban en una lista para cuando tuviera tiempo libre. Mientras recogía una bolsa de McDonald's, levantó la vista para ver a la nueva inquilina que cruzaba el aparcamiento. No conocía a la mujer, pero había visto el camión de la mudanza descargando los muebles, y la vio descargar un coche.

"Hola", llamó, agitando la mano en señal de saludo.

"¡Hola!", respondió con una sonrisa.

Joe se acercó a ella. Ella dejó de caminar hacia el coche.

"Soy Joe Barnes", dijo. "Hago el mantenimiento por aquí".

"Oh, ¿eres el marido de Rachel?", le preguntó ella, dedicándole una gran sonrisa.

"Sí".

"Encantada de conocerte, cariño. Soy LuAnn", dijo.

Se dieron la mano antes de que LuAnn se dirigiera a su coche. Joe no pudo evitar apreciar la vista.

Joe siguió mirando a su alrededor en busca de cualquier cosa que fuera basura. Esperaba que Rachel no le estuviera castigando al no ofrecerle trabajos de mantenimiento. Tal vez simplemente no había ninguno. Pero sospechaba. Era el tiempo más largo que pasaban sin hablarse, y nunca habían dormido en habitaciones separadas. Cada uno permanecía recluido en sus dormitorios, aventurándose sólo en la zona central cuando había que comer. Sin embargo, comer fuera para Joe significaba que no frecuentaba esa zona del apartamento en absoluto.

Al recoger la gran bolsa de plástico, Joe se sintió triste. Echaba de menos a su mujer, su sonrisa, su humor, su sarcasmo. Rezaba cada noche para que ella entrara en razón. ¿Por qué no podía ver que había un problema con su forma de beber? ¿Por qué no pedía ayuda? Joe la habría ayudado con gusto. Entendía la atracción, la dependencia. Había visto la bebida en su propia familia. Los recuerdos de las juergas de fin de semana de su padre le venían a la cabeza. La forma en que olía, como a basura afrutada, cuando mezclaba ginebra con zumos de frutas. Cómo olía Rachel la mayor parte del tiempo. Cómo su madre se encerraba en el dormitorio para evitar a su marido. Sabía cómo era el alcoholismo, cómo olía. Lo había visto de cerca. Y vio las mismas características en su propia esposa.

VEINTICUATRO

RACHEL ESTABA en su dormitorio doblando la ropa cuando oyó que llamaban a la puerta. Joe le pidió que entrara y ella dijo que sí.

La preocupación estaba en el rostro de Joe. Eso era fácil de ver para ella. "¿Qué?", preguntó ella.

"¿Podemos hablar? ¿Aquí fuera?", preguntó señalando la zona neutral.

"De acuerdo". Dejó de doblar la ropa y salió del dormitorio.

Se acomodaron en las sillas de los lados opuestos de la mesa del comedor. Rachel tenía las manos cruzadas en el regazo y Joe estaba encorvado en la silla. Ella lo miró para indicarle que debía empezar a hablar. Al fin y al cabo, la idea era suya.

"Bien, bueno. Esto no va a ninguna parte, ¿verdad?", preguntó.

Rachel se quedó sentada, sin reaccionar.

"Así que no has dejado de beber". Rachel cambió de posición, molesta. "No has pedido ninguna ayuda. No sé qué hacer con esto".

Rachel se encogió de hombros. "No estoy bebiendo".

"Eso no es una respuesta. O una solución".

"Así que no tengo ninguna solución", dijo.

"¿Os gusta vivir vidas separadas?"

"No especialmente, pero esto fue idea tuya", respondió ella, ladeando la cabeza.

"No pensé que fuera a durar tanto".

"Yo tampoco".

"Bueno, entonces, ¿cómo podemos salir de este lío? ¿Quieres dejar de beber?" Joe la miró, girando las palmas de las manos hacia arriba. "Esa es mi sugerencia".

Rachel torció los labios hacia un lado.

"¿Y si no me gusta tu sugerencia?" Estaba siendo desafiante, además de un poco terca. Pero ella también tenía sus derechos. Además, ella sabía que no era una borracha.

"Rachel, tu marido tiene un problema con tu forma de beber. Parece que eso le preocuparía. El hecho de que no lo haga es un verdadero problema". Joe bajó la mirada a su regazo, como si tratara de encontrar las palabras correctas para decir. "Rachel..." dijo, suplicando con los ojos mientras la miraba.

"Joe, no he estado bebiendo. No estoy bebiendo a escondidas. He intentado decírtelo, pero estás tan obsesionada con que soy una bebedora que no me has escuchado". Rachel le miraba directamente. "Y me he resistido obstinadamente a tus intentos de controlarme".

"Has estado beligerante. Te has balanceado como si hubieras estado bebiendo. Tu aliento lo delata. Ni siquiera pareces el mismo". Se sentó, dejando que sus palabras cayeran alrededor de ella.

"No sé si eso es cierto. El hecho de que lo diga, no significa que sea exacto", dijo. "Sin embargo, estoy de acuerdo en que a veces me balanceo".

"Veo las señales. Reconozco a un alcohólico cuando lo veo",

dijo, apoyando los codos hacia ella sobre la mesa. "También te estás poniendo flaca. Es una señal de que no estás comiendo".

"¿Cómo pudiste ver 'las señales'? Porque no soy una alcohólica", dijo Rachel, golpeando la mesa con la mano. "Y estoy comiendo todo el tiempo. No sé por qué me estoy poniendo flaca".

"Todos dicen eso. Niega, niega".

"No me estás escuchando, Joe". Rachel apretó la mandíbula mientras miraba fijamente a su marido.

"Te estoy escuchando".

"¿Me has oído decir que no voy a beber?"

"Sí".

"Entonces, ¿no me crees?"

"Eso es correcto. Veo las señales".

Rachel asintió con la cabeza y suspiró con exasperación. "Joe, mírame bien el rostro. Sabes que no miento muy bien, así que mira bien de cerca", dijo, mirando a su marido. "Mírame a los ojos. *No soy una alcohólica*. Tengo un problema, pero no es la bebida".

"¿De qué estás hablando? ¿Qué problema?"

"Últimamente me siento débil. A veces me mareo. También bebo mucha agua. Y estoy perdiendo peso a pesar de que estoy comiendo como un loco". Se apartó una mata de cabello detrás de la oreja, contenta de ver que Joe realmente prestaba atención a sus palabras.

"Me he fijado en los envoltorios de los caramelos y las cajas de galletas en la basura", dijo.

"No sólo los dulces, Joe, todo. Y estoy inusualmente cansada. Todo el tiempo. Pero lo único que no estoy es borracha", dijo. "Bebo té helado cuando estoy con las chicas en el club. Pregúntale al camarero. Pregúntale a las chicas. Y como barritas de chocolate y galletas".

Joe se sentó en su silla, con una expresión de preocupación. "¿Qué te pasa?"

"No lo sé".

"¿Has ido al médico?"

"No".

"¿Por qué no?"

"No me gustan los médicos".

"Un amigo tuyo es médico".

Rachel agitó la mano de forma despectiva. "Lo que sea".

"Rachel, te creo", dijo Joe, inclinándose hacia ella. "Mañana vas a pedir una cita para ver al médico".

Ella cruzó lentamente los brazos sobre el pecho, levantó la cabeza y respondió: "Tal vez".

LuAnn luchaba con su cesta de ropa sucia mientras se dirigía al lavadero al final del pasillo. Sabía que no debería haber esperado tanto tiempo para lavar la ropa, pero la mudanza a su nueva casa, el desembalaje, la socialización con los vecinos, etc., habían interferido con sus planes. Oyó una voz que la llamaba mientras dejaba caer la cesta.

"¿Necesitas ayuda?" preguntó Marc mientras salía por la puerta principal. "Aquí, vas a dejar todo".

Marc agarró la cesta antes de que se desplomara y la levantó en sus brazos. "Estabas a punto de perderlo todo por el lado del edificio", dijo. "Algo tenía que atravesar la barandilla y caer sobre la cabeza de alguien".

"Oh, eso habría sido embarazoso", respondió LuAnn, riendo. "Gracias por ayudarme".

"No hay problema", dijo Marc, caminando a paso tranquilo. "Las señoras bonitas no deberían cargar con la ropa sucia. No cuando los hombres pueden ayudar".

. . .

Esa fue toda la conversación que Lola pudo escuchar desde el interior de su unidad con la puerta principal abierta. Es *curioso, nunca me ayuda con la colada*, pensó. *No soy más grande que LuAnn. ¿Pero soy tan bonita como ella?* Lola no se consideraba especialmente guapa, y mucho menos comparada con LuAnn.

Lola asomó la cabeza por la puerta mosquitera, mirando hacia el final del pasillo. Se habían detenido en la entrada del lavadero y estaban hablando. Marc estaba animado. Hacía tiempo que no lo veía así. LuAnn estaba allí de pie, asimilando los cumplidos que estaba segura de que Marc le hacía. Y sonreía. Lola sabía muy bien cómo una sonrisa podía atraer a un hombre. *¡Mejor que no hunda sus garras en mi Marc!*

Para entonces, Marc había colocado la cesta en el suelo entre LuAnn y él para que pudieran continuar cómodamente su discusión. Lola estaba furiosa. ¿Qué tenían que discutir? Apenas se conocían. Entonces Lola recordó que había sido idea de Marc invitar a la nueva vecina a tomar algo. También incluyó a otros vecinos, pero el objetivo principal era conocer a LuAnn. Ese pensamiento no calmó la ira de Lola.

Marc se agachó para coger la cesta y LuAnn le abrió la puerta del lavadero. Ambos entraron. La puerta se cerró. A Lola le dio un vuelco el corazón. Y entonces Marc salió solo. Lola se agachó de nuevo dentro de su unidad antes de que Marc pudiera verla observando su coqueteo público.

Rachel casi había llegado al camino de entrada al refugio. Ni ella ni Olivia habían devuelto los portadores de gatos, así que hoy parecía un momento tan bueno como cualquier otro. Era su medio día en la oficina, así que tenía libertad para escaparse al campo y visitar a los animales.

Mientras entraba lentamente en la zona del refugio, se dio

cuenta de que había algunos coches. *Genial.* Posibles adoptantes de un furbaby.

Rachel aparcó su coche y sacó los portadores del asiento trasero. Mientras se dirigía a los edificios, vio a una pareja que salía con un perro con correa. El gran perro de raza mixta no se mostraba especialmente cooperativo, ya que se abalanzaba contra la correa. Evidentemente, estaba en el lado más joven de la edad adulta, a juzgar por sus travesuras.

"¡Tienes un puñado!", dijo cuando pasaron.

"Sí, creo que va a ser un reto", respondió el hombre.

"Puedes manejarlo", dijo la mujer. "Sólo necesita entrenamiento de obediencia canina".

"Con eso bastará", aceptó Rachel. "Buena suerte".

Vio a Jorge delante de ella.

"Hola, chico", dijo ella. "Traje de vuelta los portadores, finalmente."

"Me los llevaré", dijo, alcanzando los portadores. "Gracias por hacer esto".

"Hubiera venido antes, pero la vida se interpuso", dijo caminando junto a él.

"Eso puede pasar".

"¿Cómo estás, Jorge?" Rachel observó cómo volvía a colocar los portadores en las estanterías. Llevaba varios meses dirigiendo el refugio él solo. Se preguntó si alguna vez veía a alguien más que a los posibles adoptantes. ¿Salía mucho del recinto para funcionar como un hombre normal?

Jorge se dio la vuelta y miró a Rachel. Su expresión era triste, pensó Rachel. No es lo que ella esperaba.

"Bien la mayoría de los días; no tan bien otros".

Rachel estaba preocupada.

"¿Qué ocurre? ¿Tiene problemas el refugio?" A Eneida se le habría roto el corazón si el refugio tuviera problemas financieros. Este era su bebé. Los animales lo eran todo para ella.

"El refugio va bien. Sobrevivimos bien", respondió, mirando sus botas. "Eneida dejó dinero para el mantenimiento y la conservación; estamos bien".

"Entonces, ¿qué pasa?"

"A mí". Jorge la miró de frente. "Echo de menos a Eneida. Se ha ido. Estoy triste".

Rachel no sabía qué decir. Habían trabajado juntos, claro. Supuso que posiblemente fueran amigas. Pero Eneida era la jefa. Él era un empleado. ¿Eran más cercanos que eso?

Jorge continuó hablando. Mientras lo hacía, su cuerpo se movía de lado a lado. "Estábamos juntos, todos los días. A veces hasta altas horas de la noche. Siete días a la semana", dijo, puntuando la última frase con un suspiro.

"Y ustedes eran amigos. Puedo entender que eches de menos que esté cerca".

"Más".

"¿Más? ¿Qué significa «más»?"

"Me encantaba Eneida".

Ahí estaba. Jorge amaba a Eneida. Rachel no lo había visto venir. Por supuesto, la pregunta ahora era: ¿Amaba Eneida a Jorge? Ella nunca lo mencionaba en las conversaciones. En realidad, nunca mencionaba a ningún hombre. Rachel no sabía si había salido con alguien o no. No era un tema de conversación. Sin embargo, ¿salir con Jorge? El hombre no podía ganar mucho más que el salario mínimo. ¿Cómo podía permitirse llevar a Eneida a una cita? ¿O las actividades del refugio habían sido sus citas, uniendo el amor por los animales?

"No lo sabía, Jorge", dijo suavemente, con simpatía.

"Probablemente nadie lo sabía. No sé si ella me quería", dijo. "Pero yo la quería". Miró al techo y Rachel pudo ver sus ojos húmedos.

"¿Hay algo que pueda hacer?" Rachel no tenía ni idea de qué sería, pero tenía que preguntar. Se sentía mal por Jorge.

"No, nada. Estoy bien", dijo. "Como dije, algunos días están bien y otros no".

"Jorge, si necesitas algo, por favor avísame".

"Lo haré, pero no necesitaré nada". Intentó una sonrisa a medias.

"De acuerdo, voy a ver algunos de los animales antes de ir a casa", dijo Rachel, apartándose de su conversación.

"Por favor. Te quieren". Y con eso, Jorge se alejó de Rachel.

Pobre hombre. Con el corazón roto.

VEINTICINCO

"ESTOY ASOMBRADA", dijo Olivia.

"Yo también", dijo Tia.

Ambas mujeres se quedaron mirando a Rachel al otro lado de la mesa, cada una con su bebida en la mano.

"Lo sé. Nunca supe que estuviera interesada en ningún hombre, y menos en Jorge", dijo Rachel.

"Bueno, es un buen hombre. Amable con los animales", dijo Olivia. "Pero, ¿cómo puede permitirse el lujo de sacarla?" Olivia estaba vestida con un traje de pantalón verde muy caro. El dinero no era un problema en su mundo.

"Eso fue lo que pensé", dijo Rachel.

"Tal vez Eneida pagó", sugirió Tia. "Estamos en tiempos modernos. Las mujeres invitan a salir a los hombres. Las mujeres pagan. A veces. Desde luego, yo no".

"O yo", secundó Olivia.

"Tal vez no salieron", sugirió Rachel. "¿Tal vez era una relación de intereses comunes? No lo sé".

"Se enamoró", dijo Olivia.

"Sí", aceptó Tia, sacudiendo la cabeza con tristeza.

"Bueno, en resumidas cuentas, tiene el corazón roto", dijo Rachel, frotando ambas manos por sus muslos cubiertos de vaqueros azules. "Me siento mal por él".

"Hablando de vida amorosa, de la cual no tengo ninguna, ¿cómo va tu relación en este momento?" le preguntó Tia a Olivia, dirigiendo toda su atención a la mujer que tenía a su lado. "Por si no lo sabías, vivo indirectamente a través de ti".

"Bueno, parece que vamos a tomar unas vacaciones juntos", dijo Olivia. "Un crucero a Costa Rica. Camarotes separados, por supuesto".

"Oh, qué bien", respondió Tia, echando la mano atrás para comprobar el clip que sujetaba su larga melena. "He querido visitarlo".

"Va a ser un viaje muy caro si paga dos habitaciones", dijo Rachel.

"Se lo puede permitir", dijo Olivia.

"Me alegro de oírlo. Olivia, realmente espero que esta relación te funcione", dijo Rachel. "Te mereces que te mimen".

Rachel miró hacia la barra y agitó el brazo. "Otro, por favor", dijo. El camarero asintió. Inmediatamente después, sonó un fuerte trueno. De repente, la sede del club se sumió en la oscuridad.

"Oh, genial, acabamos de perder la energía", gimió Rachel.

"Tal vez se vuelva a encender", sugirió Tia.

"Y tal vez no. Sabes que podríamos estar sin energía durante horas", dijo Olivia.

"No es probable", dijo Rachel. Las luces de emergencia se encendieron para que la gente pudiera ver por dónde andaba. "Estamos en una red eléctrica principal, así que recibiremos energía antes que otros".

La camarera se dirigió a su mesa con el té helado de Rachel. Cuando se dio la vuelta para marcharse, Olivia alargó la mano para ponerla en el brazo de Rachel.

"Cariño, ¿cuánto tiempo hace que tú y Joe estáis separados?"

"Tal vez cuatro semanas. He perdido la cuenta".

"¿No podéis hablar de esto?"

"Anoche tuvimos una charla. Intenté decirle que no he estado bebiendo y que creo que me pasa algo". Le dio a su amiga una vuelta de tuerca a su boca.

"¿Qué ha dicho?" preguntó Tia.

"Ve a un médico. Pero no quiero".

"Oh", dijeron las dos mujeres al unísono.

El silencio cayó sobre la mesa como una manta, sofocando la discusión. Permanecieron sentadas en la penumbra durante unos minutos, sin decir nada. El camarero regresó a la mesa y miró interrogativamente a Tia y Olivia. Ambas hicieron un gesto con la mano para indicar que no, que no querían otra bebida. En ese momento, LuAnn se acercó a la mesa.

"Hola a todos", dijo. "Estaba allí con Marc y Lola. Pero Lola quería irse por el corte de luz, así que hizo que Marc se fuera también". LuAnn sacó la cuarta silla. Estaba fantástica, vestida con un top rojo de corte bajo que complementaba bien su cabello rubio.

"¿Así que ahora eres amigo de Marc y Lola?" preguntó Tia.

"Han sido muy amables conmigo. Me invitaron a su casa a tomar algo con otros vecinos. Marc me llevó la ropa sucia al lavadero el otro día", dijo. "Ha sido muy amable".

"Apuesto", dijo Rachel. "Vigílalo".

"Oh, cariño, sólo está siendo amable", dijo LuAnn con un gesto despectivo de la mano. "No significa nada".

Olivia y Tia intercambiaron miradas.

"Entonces, ¿estás tocando en algún concierto?" Preguntó Rachel.

"Sí, este fin de semana. Deberíais venir". LuAnn les dio una brillante sonrisa de ánimo.

Tia y Olivia se miraron, pero no dijeron nada. Rachel se limitó a dar un sorbo a su té sin responder, contemplando su regreso a casa.

Rompiendo el silencio, Olivia preguntó: "¿Estás saliendo con alguien?"

"La verdad es que no. Después de mi divorcio, he estado colgada sola", dijo LuAnn. Levantó el brazo hacia el camarero. "Pero puede que ahora me apetezca".

Un servidor se acercó a LuAnn. "Quiero otro borrador, lo mismo que antes".

"Realmente puse mi corazón en mi último matrimonio, así que me lo estoy tomando con calma", continuó. "Este negocio es duro para los matrimonios".

"Me lo imagino", dijo Tia. "Si no te importa que te pregunte, ¿cuántos matrimonios has tenido?"

LuAnn se rió. "Oh, mi, es un poco embarazoso, y un poco divertido. Tienes que reírte, ¿sabes?" Ella casualmente se quitó el cabello del rostro. "Verán, todo el mundo se casó joven en mi ciudad natal. Yo tenía diecisiete años la primera vez".

"Es joven", afirmó Tia. El resto tarareó de acuerdo.

"Pero él me llevó a cantar en un grupo, comenzó mi carrera. Así que me puse en marcha. Eso no es bueno para un matrimonio", dijo, aceptando su cerveza del camarero y dando un rápido sorbo a su jarra. "Naturalmente, él se aburrió en casa, se enrolló con una chica, y yo me interesé por el guitarrista. Se acabó el matrimonio".

Los tres asintieron como si hubieran pasado por el matrimonio con ella.

"El guitarrista y yo lo tuvimos bien durante un tiempo, hasta que él captó el olor de otra hembra. Puf, se fue. Me quedé en la carretera, conocí a un director musical y me casé con él, aunque era veinticinco años mayor que yo. ¿Pero qué sabía yo? Para entonces tenía veintidós años".

LuAnn inclinó la taza hacia arriba, dando varios tragos antes de reanudar su relato. El resto de las chicas contuvo la respiración, esperando que continuara.

"Ese matrimonio duró hasta que mi marido pensó que otra joven cantante tenía perspectivas de fama y fortuna. La representó y viajó con ella para poner en marcha su carrera. Yo estaba en la carretera como cantante de acompañamiento de varios grupos country conocidos o me quedaba en casa, esperándole. No acabó bien".

"No puedo imaginar que lo haya hecho", dijo Rachel.

"No, era un vago; se llevó parte de mi dinero. Lo único que quería era el dinero, no a mí", dijo. "Así que seguí viajando, como esa piedra rodante, siempre apareciendo en algún lugar nuevo".

"Entonces, ¿te casaste de nuevo?" Olivia preguntó.

"No durante muchos años. Tenéis que entender que estaba un poco asustada y marcada. Sin embargo, tuve algunos novios. Todos en mis términos". LuAnn suspiró al final de su declaración.

"¿Pero dijiste que este último divorcio te dolió mucho?" Dijo Tia.

"Sí, seguro que sí". LuAnn sostuvo la taza entre sus manos mientras recordaba en silencio.

"¿Cómo surgió ese matrimonio?" Preguntó Rachel.

"Bueno, ¿saben cómo se puede jurar a los hombres? «No quiero tener nada que ver con los vagos, dejadme en paz. Estoy bien o mejor sola». ¿Y luego aparece alguien inesperado?" Volvió a dejar la taza en el suelo. "Bueno, eso es lo que pasó. Era un encanto, dulce, guapo, y me enamoré mucho de ese chico de campo. Nos casamos en seis meses. Y esto también parecía ser un acierto. Cariño, viajamos juntos por todas partes como dúo, ambos tocando la guitarra y cantando".

"Eso suena bien", dijo Olivia.

"Sí, realmente lo era. Éramos una pareja unida, sin competencia entre nosotros, sin que otras personas nos tentaran. Era la perfección en el camino". LuAnn inclinó la cabeza hacia abajo durante unos segundos, recogiéndose. Al parecer, la pérdida aún estaba en carne viva. "Y teníamos dinero. Fue estupendo", dijo, levantando de nuevo la cabeza, con una sonrisa desgarrada.

"Bueno, ¿qué pasó?" Preguntó Rachel.

"Él quería una familia. Yo no podía darle una". LuAnn se encogió de hombros. "Él no quería adoptar, y yo realmente no creía que ninguna agencia nos diera un niño de todos modos, no con nuestro estilo de vida. Así que continuamos con nuestro dúo durante años, y luego nos cansamos del camino. Una vez que salimos, no teníamos nada que compartir. Nuestra vida estaba en la carretera. Éramos dos extraños, viviendo en una casa, haciendo conciertos de fin de semana. No era lo mismo".

"¿Qué ha sucedido?" Preguntó Olivia.

"Nada. Y todo. Llevábamos vidas separadas, cada uno por su cuenta. Finalmente, parecía una tontería seguir siendo marido y mujer. Todavía había más vida, sólo que no el uno con el otro", dijo LuAnn, suspirando pesadamente y golpeando sus uñas rosadas en el lado de la taza. "Eso fue hace casi dos años".

Las damas permanecieron en silencio después de que LuAnn terminara su historia personal, empapándose de la angustia que su nueva amiga había compartido.

Entonces las luces volvieron a encenderse. El apagón había terminado, al igual que el matrimonio de LuAnn.

VEINTISÉIS

RACHEL SE ARRASTRÓ en silencio por el pasillo hasta su dormitorio. No había señales de Rufus cuando entró. Sabía que a esa hora Rufus probablemente habría renunciado a su regreso a casa y se habría retirado a la cama con Joe. Todo despejado. Sin problemas a su dormitorio. Y entonces sucedió.

«¡Chillido, chillido!»

El pie de Rachel encontró el único juguete que chirría en el pasillo. El juguete emitió un chillido que hizo que Rachel diera un salto y dejara caer su bolso. Recuperando el aliento, se inclinó para recoger su bolso. Y fue entonces cuando su majestad decidió hacer su entrada. Rufus vio a su maravillosa dueña agachada, así que, naturalmente, saltó sobre ella, colocando sus patas en su trasero. Rachel cayó al suelo, cayendo en una posición totalmente inclinada.

La visión de su ama en el suelo animó a Rufus a sentarse a horcajadas sobre ella, cosa que le encantaba hacer, y a lamerle la nuca sin cesar. Rachel protestó en vano. Finalmente, fue capaz de empujarse a sí misma en un pobre ejemplo de la posición de yoga de la cobra.

"Rufus, déjame en paz", espetó. "¡Atrás, bájate, busca *algo*!"

Rufus finalmente captó el mensaje y se apartó, mirándola con tristeza. Rachel dobló las rodillas y por fin pudo levantarse de allí. Mirando al perro, se giró rápidamente, se sintió desfallecer y se desequilibró hasta chocar con la esquina de la pared que daba al dormitorio. Las lágrimas brotaron de sus ojos debido al dolor que le produjo el golpe en el costado del rostro contra la dura superficie. Con una mano sujetando su mejilla, Rachel se arrastró hasta el dormitorio y se sentó en la cama.

"Tú".

Rufus estaba de pie frente a ella, con una mirada patéticamente triste.

"¿Por qué me torturas?"

El perro miró con tristeza a su dueña, levantando una pata.

Rachel había tenido todo lo que quería del día, así que se puso de espaldas y se fue a dormir sin molestarse en cambiarse de ropa.

Joe estaba pasando una mañana tranquila, bebiendo café y leyendo el periódico en la mesa del comedor. Rachel llegó caminando con cautela por el pasillo, obviamente todavía medio dormida. Sin decir una palabra, fue a la cocina a por un poco de café. Cuando volvió, se dio cuenta de que Joe tenía una mirada peculiar.

"¿Qué? ¿No quieres que me siente aquí?"

"No me importa", dijo, mirando por encima del periódico.

"¿Entonces por qué me miras raro?" Rachel sacó la silla y se sentó.

"No estoy seguro de que deba decírtelo. No parece que estés de buen humor".

Rachel puso los ojos en blanco. "¿Qué pasa? ¿Mi cabello es un desastre?"

"¿Cómo es el otro tipo?", preguntó, bajando el periódico y alisándolo sobre la mesa con las manos.

"¿De qué estás hablando? ¿Qué tipo?"

"Con el que te peleaste", dijo Joe, pasando despreocupadamente el papel por una página.

"¿«Pelea»? No he estado en una pelea. Estás loco". Rachel dio un sorbo a su café de la taza entre sus manos, con los codos apoyados en la mesa.

Rachel recordó que la noche anterior había tenido una pelea con Rufus... otra vez. Luego se había desmayado en la cama. ¿Por qué estaba hablando de una pelea?

"¿Ya te has lavado los dientes?", preguntó.

"No".

"¿Entonces no te has mirado al espejo?"

"No".

"Tal vez deberías", sugirió Joe.

Dando a Joe una expresión de confusión, dejó su taza sobre la mesa y se levantó para mirarse en el espejo junto a la puerta principal.

"¡Oh, Dios mío!"

Joe llevaba tranquilamente una mirada de satisfacción mientras esperaba que ella volviera a la mesa.

De pie frente a él, declaró lo evidente, en voz alta: "¡Tengo un ojo morado!"

"Seguro que sí".

"Y creo que ese ojo se está cerrando. Me preguntaba por qué las cosas parecían un poco torcidas desde este lado".

"Ajá".

Rachel miró fijamente a Joe. Él levantó la vista hacia ella, pensando que era mejor no hacer más comentarios. Bajando los ojos, se ocupó de pasar las páginas del periódico.

"Bueno, no puedo ir a trabajar con este aspecto". Se sentó de nuevo en la mesa y empezó a dar sorbos de café. "Para tu información, todo esto es culpa tuya".

Joe miró a Rachel al otro lado de la mesa, con las cejas levantadas. "¿Perdón? ¿Cómo es que tu ojo morado es culpa mía? No te he pegado. Ni siquiera te he visto desde la tarde pasada". Tiró una parte del papel al suelo.

"Ese, ese estúpido perro tuyo, Rufus. Me atacó. Me empujó contra la pared anoche".

"Lo dudo mucho".

"No lo has entrenado", espetó. "Rufus es ingobernable".

Rufus, al oír su nombre, decidió entrar en la habitación.

"Tú", dijo, señalándole, "eres una amenaza".

"Ah, pobre Rufus", dijo Joe, tirando del perro hacia él para abrazarlo. "Mamá ya no te quiere".

"¡Uf! Vosotros dos sois el uno para el otro".

Rachel salió de la habitación dando pisotones por el pasillo hacia el lavabo. Primero se cepillaría los dientes, se limpiaría el rostro y luego pensaría en cómo camuflar el ojo morado.

VEINTISIETE

¿ERA un día inusualmente ajetreado en la oficina, o era simplemente su imaginación? Ni siquiera se acercaba la fecha de pago de las cuotas del condominio, así que ¿por qué entraba y salía tanta gente? Todo el mundo la había mirado con una expresión de asco en el rostro, probablemente temiendo preguntar por qué llevaba anteojos de sol.

Bueno, caramba, no pude tapar mi ojo negro es por eso. Se ha transformado en un monstruoso lienzo morado y azul de dolor.

Se había pintado los labios de rojo a propósito para distraer la atención de lo evidente. Hasta ahora, eso no estaba funcionando bien. El hematoma estaba avanzando más allá del borde de los anteojos. Cada hora parecía crecer. Si vieran su rostro sin los anteojos, probablemente pensarían que Joe la había golpeado. Eso sería injusto para Joe. En realidad, no era su culpa, aunque antes ella le había culpado de su ojo morado.

Y entonces Ruby entró en la oficina. "¿Qué haces llevando anteojos de sol aquí en la oficina?" fueron sus primeras palabras. Después de una segunda toma, no pudo evitarlo.

"Señor, niña, ¿te ha pegado tu hombre? Los anteojos de sol siempre significan que estás cubriendo un ojo morado".

"No, Ruby, Joe no..."

"Ahora, ven con mamá, yo te cuidaré, cariño", y lo siguiente que supieron fue que Ruby estaba abrazando a Rachel.

"¡Detente! Está bien, Ruby, de verdad que sí", dijo Rachel en defensa del afecto no deseado. Intentó zafarse del abrazo.

"Mujer, tienes un ojo morado". Ruby había declarado lo obvio.

"Gracias por recordármelo".

"¿Cómo te has puesto un ojo morado?" Ruby se apartó con las manos en sus flacas caderas. "Simplemente no se caen por la iluminación superior".

"Ruby, siéntate en esa silla y cálmate", suplicó Rachel con exasperación.

Ruby se sentó frente a Rachel, esperando una explicación.

"Es realmente muy sencillo", intentó explicar Rachel, sabiendo que su explicación probablemente se comunicaría por todo el edificio. "El perro me hizo tropezar. Me caí contra la pared. Fin de la historia".

Ruby se sentó mirándola fijamente. "¿Joe no estaba involucrado?"

"No estaba involucrado. Estaba dormido".

Silencio, mientras Ruby contemplaba la explicación. Eso debería ser suficiente para Ruby, así como para todo el complejo, supuso Rachel.

"Vale, lo acepto. Pero sé que los hombres pueden ser muy malos".

"Conoces a Joe, y no es malo".

"Eso es cierto". Ruby tuvo que estar de acuerdo con esa afirmación.

"Él nunca me haría daño. Me quiere", dijo Rachel, acercando los anteojos a su rostro.

Ruby la miró con ojos conmovedores. "Lo siento. No quise faltarle el respeto a Joe".

"Sé que no lo hiciste. No pasa nada".

"De acuerdo, te dejaré con tu ojo morado", dijo, poniéndose de pie.

"Ruby, ¿por qué has venido aquí?"

"Ahora no me acuerdo. ¡Ja!" Ruby se rió.

"Cuídate, Ruby".

"Tú también".

Rachel suspiró aliviada cuando la anciana se fue. Pero sólo fue un breve respiro. Entró Loretta, como era de esperar. Normalmente, una de ellas llegaba justo antes que la otra.

"Hola, Rachel".

"Hola, Loretta".

"Estás preciosa con tus anteojos de sol. ¿Quién te ha pegado?"

¿Qué, otra vez?

"Nadie me pegó". Esta avalancha de preguntas la estaba poniendo de los nervios.

"Bueno, querida, según mi experiencia, las mujeres no llevan anteojos de sol en una oficina a no ser que se cubran un ojo morado". Loretta se acomodó en la silla frente a Rachel, ajustando su traje pantalón color oliva. Luego fijó sus ojos en el rostro de Rachel, esperando.

¿Cuántas tipas mundanas van a venir hoy a mi oficina para interrogarme sobre este estúpido ojo morado?

"Vale, me has pillado, Loretta", dijo Rachel. "Me asaltaron".

"No, no lo hiciste. Quiero la verdad". A estas alturas, Loretta estaba perforando a Rachel. Obviamente, la mujer no iba a ceder hasta saber la verdad.

Rachel se hundió en su silla con un suspiro. Se sentía cómoda hablando con Loretta.

"Salí con las chicas. Ya las conoces, Olivia y Tia. Luego se nos unió LuAnn. Cuando llegó la hora de marcharse, me puse de pie y sentí un mareo", admitió. "Realmente mareada, tal vez desmayada, no lo sé..."

"¿Entonces qué pasó?" Probablemente se trataba de una confesión suave comparada con otras que Loretta había escuchado a lo largo de los años.

"Me fui a casa. Rufus me atacó..."

"¿Quién es Rufus?"

"Oh, nadie humano. Rufus es nuestro perro".

"Oh, vale, sigue".

"Tiene tendencia a acercarse a mí cuando llego tarde a casa y causarme un problema", dijo. "Como saltar sobre mí y que me caiga. Me babea encima después y me causa problemas. Pero quiero al chucho".

"Por supuesto. Y supongo que hizo lo de siempre".

"Sí, vino detrás de mí después de que pisara su juguete chillón. Se me cayó el bolso, me agaché para cogerlo y, zas, se abalanzó sobre mí y caí al suelo. Cuando me levanté de nuevo, me giré demasiado rápido, me sentí desfallecer y me golpeé contra la pared. Ni siquiera sabía que tenía un ojo morado hasta que Joe se dio cuenta esta mañana". Rachel se encogió de hombros y puso los ojos en blanco.

"Cariño, ¿con qué frecuencia sales con las chicas a tomar algo?" Loretta cruzó las manos sobre su bolso mientras se acomodaba para la discusión.

"Quizás dos o tres veces a la semana. Pero sólo bebo té helado. Y como chocolate. Y galletas". Sonrió para indicar que se estaba portando bien, no bebiendo alcohol como probablemente estaba insinuando Loretta.

"Bueno, no eres una buena chica. ¿Qué tiene que decir Joe sobre eso? No estás en casa con él durante esas noches". Loretta levantó las cejas.

"No, no lo estoy". Rachel no sentía que pudiera mentirle a

Loretta. Hablar con ella era como hablar con un detector de mentiras. Lo había oído todo, lo había visto todo, y sin duda podía oler una mentira.

"¿Y no se opone?"

"Bueno..." Rachel miró al techo antes de contestar. Sabía que Loretta era una persona con la que podía hablar sin temor a que cada palabra fuera transportada a absolutamente todos los seres humanos de todo el condominio. "Sí, se opone. Actualmente está bastante enfadado conmigo. De hecho, estamos durmiendo en habitaciones separadas".

"Eso no es bueno".

"Lo sé. Ha sido probablemente un mes de esta manera, tal vez más".

Loretta asintió con la cabeza en señal de comprensión, esperando en silencio más.

"Todo empezó cuando me pidió que dejara de beber. Pensaba que llegaba a casa borracha, pero lo único que tomaba era té helado, nada alcohólico. Así que me sentí rebelde, como, ¿cómo se atreve a decirme lo que tengo que hacer?" Rachel se descruzó y cruzó las piernas, poniéndose cómoda.

"Vamos", dijo Loretta.

"Después de haber estado durmiendo por separado durante un tiempo, habló conmigo sobre cómo me está gustando este acuerdo. Créeme, a ninguno de los dos nos está gustando nada". Rachel sacudió la cabeza para enfatizar.

"Por supuesto que no".

"Luego tuvimos una charla hace un par de noches. Me volvió a pedir que dejara de beber", dijo Rachel, rascándose la cabeza. "Así que le expliqué que no estaba bebiendo, pero siguió sin creerme".

"Entonces, ¿te sentiste incomprendido?"

"Sí. Intenté explicarle lo que me estaba pasando".

"¿Qué te ha ocurrido? Cuéntame".

"Bueno, me mareo cuando me pongo de pie y a veces me siento débil. También he estado comiendo todo lo que hay y bebiendo mucha agua". Hizo una pausa para tomar aire. "Se me ha antojado el chocolate y lo estoy comiendo como un loco. Se ha convertido en una adicción, últimamente. Aparentemente me hago la borracha con él, pero no lo estoy, Loretta. De verdad".

"Ese chocolate te hará engordar, Rachel".

"Loretta, estoy perdiendo peso, no ganando".

El silencio envolvió la sala. Cada uno contempló durante unos instantes lo que se había dicho.

Finalmente, Loretta habló. "¿Tienes sed?"

"Sí. Tengo sed. Todo el tiempo. Y he estado bebiendo mucho té helado".

"¿Con azúcar?"

"Oh, por supuesto. Mucho azúcar".

Loretta se inclinó hacia delante y fijó sus ojos en el rostro de Rachel. "¿Cuándo fue la última vez que viste a un médico?"

"No tengo ni idea".

"¿Por qué no vas a un médico y averiguas qué te pasa?"

"Odio a los médicos".

"Esa no es una buena razón para evitar las revisiones periódicas". Loretta la miró con severidad. "No se puede saber lo que te pasa, excepto que una cosa está muy clara para mí: definitivamente algo está pasando en tu cuerpo".

Rachel agachó la cabeza.

"¿Rachel?"

Levantó la cabeza y miró a la mujer mayor. "¿Sí?"

"Ve al médico".

"Sí, señora".

"No me des eso. *Ve* al médico".

"De acuerdo. Lo haré. Lo prometo".

"Voy a contarte una historia, Rachel. Quiero que me escuches con atención, ¿vale?"

"De acuerdo". Rachel se revolvió en su silla.

"Me lesioné en acto de servicio, lo que me obligó a jubilarme anticipadamente. Cuando dejé el cuerpo de policía, sentí que mi vida había terminado. Estaba tan metido en la resolución de los casos (y siempre era a quien asignaban los casos más difíciles) que sentí un vacío, un agujero gigante en mi vida. No estaba casada, no tenía hijos, era sólo yo". Loretta suspiró, recostándose en su silla.

"Tuve que crear un nuevo mundo para mí. Y fue muy difícil. Estaba acostumbrada a una vida regimentada de orden y reglas. De repente, tenía tanto tiempo libre que no sabía qué hacer conmigo".

"Puedo ver que sería difícil".

"Pero no me rendí. Con el tiempo, me convertí en consultor para otras agencias y empecé a impartir cursos en una universidad. La vida siguió su curso. Pero un factor importante me ayudó a conseguirlo".

"¿Qué fue eso?"

"Empecé a ir a la iglesia. Regularmente. Nunca me perdí un domingo si podía evitarlo", dijo Loretta. "Esa experiencia me ayudó a recomponer mi vida".

"Eso está bien".

"Fue más que agradable. Empecé a asistir a estudios bíblicos y aprendí el valor de la Palabra. Fue increíble cómo empecé a sentir una plenitud interior".

Rachel seguía asintiendo con la cabeza, aunque no entendía muy bien de qué hablaba la mujer mayor.

"¿Cuándo fue la última vez que fuiste a la iglesia?"

"¿Qué?" A Rachel le sorprendió la pregunta. La iglesia era lo último en lo que pensaba. Sí, Joe asistía, pero ella rara vez iba con él. "Yo no voy a la iglesia. Joe sí".

"Sé que Joe asiste. Lo he visto en la iglesia".

"¿Vais a la misma iglesia?"

"Sí. A menudo nos sentamos juntos".

"Oh." Rachel estaba aprendiendo todo tipo de cosas hoy.

"No soy una proselitista, pero la iglesia te haría mucho bien. Y eso es todo lo que voy a decir al respecto", dijo Loretta, poniéndose de pie para irse. "Piensa en lo que he dicho. Por favor".

Rachel se sentó tranquilamente en su silla, con la boca ligeramente abierta. No se le ocurrió nada que decir a Loretta antes de que saliera por la puerta con un recordatorio de despedida para ir al médico. Abriendo el cajón del escritorio, Rachel sacó un abanico y empezó a darle aire en el rostro. Tenía mucho calor. Y sedienta.

VEINTIOCHO

ESA NOCHE, el detective France hizo una visita inesperada al apartamento de Rachel. Joe abrió la puerta, porque Rachel estaba en su parte del condominio. Ella vino caminando por el pasillo después de que Joe la llamara.

Le tendió la mano al hombre. "Hola, detective. Me sorprende verle aquí".

"No quiero interrumpir su velada, pero necesito hablar con ustedes. Con los dos".

"Por aquí", dijo Joe, señalando la sala de estar. Se sentó por su cuenta en una silla, mientras el detective y Rachel se sentaban en el sofá.

"Probablemente esto ya le parezca una noticia vieja. No ha ocurrido mucho en su caso recientemente. Hemos estado observando el refugio de animales de la víctima en busca de cualquier pista sobre quién podría haberla matado. Recientemente, algunas noticias llegaron a nuestra atención".

"Bueno, vamos a escucharlo. Eso es genial", dijo Joe.

Rachel asintió con la cabeza.

"Hemos llegado a saber que el gerente de allí, y ahora

propietario según los deseos de la víctima, en algún momento había tenido una relación con la víctima, saliendo. No eran sólo empleador y empleado".

"Sí, lo sabía. Jorge me dijo que había sentido algo por Eneida", dijo Rachel.

"¿Lo sabías? No lo sabía", dijo Joe.

"Probablemente te lo dije y lo olvidaste", dijo Rachel.

"No lo creo. Me habría acordado", replicó Joe.

"Bueno, da igual, lo sabía". Rachel no iba a discutir delante del detective.

"Es interesante que lo supieras, que te lo dijera él mismo", dijo el detective France.

"¿Por qué? Jorge es un hombre muy agradable. Es muy amable".

"Una persona amable con los animales no es necesariamente amable con las personas", dijo Joe.

Rachel lo miró e ignoró el comentario.

"¿No me digas que sospechas de Jorge?" preguntó Rachel. "Eso es una locura".

"No tenemos suficiente información para acusarle de nada. Al menos no en este momento", dijo France. "Por eso estoy aquí. ¿Sabe usted algo de su pasado? ¿Alguna tendencia a un problema de ira? ¿Algún comportamiento sospechoso?"

"No, nada. Siempre ha sido muy amable y gentil. Y no sé nada de su pasado", dijo Rachel.

"Yo tampoco, nada", dijo Joe.

"Bueno, alguien mató a esta mujer. Tenemos que averiguar quién, y no hay pistas", dijo France.

"Realmente no creo que Jorge deba ser sospechoso", dijo Rachel. "Simplemente no puedo verlo".

"Tenemos que ver todas las posibilidades", dijo el detective, poniéndose en pie para marcharse.

"Lo entiendo, pero no es él", dijo Rachel con firmeza. "No puedo creer que sea él".

"Por favor, manténganos informados", dijo Joe mientras acompañaba al detective hacia la puerta.

"Por supuesto".

Joe se dio la vuelta después de cerrar la puerta, caminando de nuevo hacia la sala de estar.

"¿Por qué no me dijiste que Jorge y Eneida eran pareja?"

"Si no te lo dije, probablemente no creí que fuera lo suficientemente importante como para mencionarlo".

"Creo que es importante", dijo, todavía de pie.

"Bueno, no sabía que lo harías". ¿Qué más podía decir?

"Alguien mató a esa pobre mujer, y en nuestro condominio".

"¿Quieres culpar a un hombre inocente para que se haga justicia?" Ella giró ambas manos hacia arriba, mostrando una falta de comprensión.

"Yo no he dicho eso".

"Eso es lo que he oído".

"Entonces tal vez necesites que te revisen el oído".

"Vale, creo que he terminado aquí", dijo Rachel, levantándose del sofá. "Me voy a mi habitación ahora, sin escuchar nada más".

Rachel pasó por delante de Joe, lo suficientemente cerca como para que pudiera oler su afrutado olor corporal.

"Rachel, lo siento". Parecía realmente arrepentido. No era normal que Joe fuera desagradable.

"De acuerdo".

Siguió caminando hasta llegar al pasillo, y luego se volvió para mirarlo.

"Tenemos que aclarar este lío entre nosotros. Está afectando a todo".

"Estoy de acuerdo". Joe había hecho todo lo posible para

convencerla de que fuera al médico. Pero esa decisión, en última instancia, recaía en Rachel.

"Llévame a la iglesia el domingo". Era una declaración plana, pero tenía todos los visos de ser un punto de inflexión.

"De acuerdo. Salgo a las 9:15".

"Estaré lista". Rachel se dio la vuelta y se dirigió a su dormitorio. Joe se quedó clavado en el suelo por el asombro. ¿Qué acababa de ocurrir?

Las chicas se amontonaron en el coche de Olivia con una misión en mente. Querían ver a LuAnn actuar en el bar Gray Goat. Habían prometido asistir a uno de sus conciertos, y ahora parecía el momento perfecto para ir. El lugar estaba algo cerca de Main Street, donde todos los moteros se reunían cada año en torno a la Semana de la Bicicleta, un evento muy popular que atraía a miles de personas de todo Estados Unidos. Todas las manzanas alrededor de Main Street eran sin duda el centro de la fiesta. Una vez en el salón, aparcaron el coche y se pusieron en fila fuera del Gray Goat.

"Soy el conductor designado, ¿de acuerdo?" Olivia anunció. "No voy a beber nada. No quiero que mis chicas salgan heridas".

"Yo tampoco bebo, así que soy tu suplente", dijo Rachel.

"No es un problema para mí", dijo Tia. "No tengo que beber".

Entraron en el salón, que estaba un poco lleno de humo. Y había mucho ruido, mucho ruido para los oídos. Rachel hizo un gesto a las chicas para que la siguieran porque no la habrían oído si hubiera intentado hablar. Encontraron una mesa contra la pared. Todo lo que estaba cerca del escenario ya estaba lleno. Cuando el camarero se acercó a la mesa, Rachel señaló a una mujer cercana que parecía tener un vaso de refresco y levantó tres dedos. Ella asintió con un gesto de comprensión.

Para cuando el camarero regresó, LuAnn estaba subiendo al escenario para cantar. Las chicas pensaron que parecía una estrella del country, vestida con unos vaqueros blancos rotos por las rodillas, con un top turquesa escotado. Muchas joyas de color turquesa adornaban su cuello y sus dedos, y unos pendientes de aro colgaban de sus orejas. LuAnn llevaba el cabello más alborotado de lo habitual y el maquillaje más cargado. Su amiga, preciosa de ver.

"¡Esa es nuestra chica!", gritó Rachel.

Entonces LuAnn comenzó a cantar, rasgando una hermosa guitarra turquesa, obviamente de su colección. Las chicas se miraron con los ojos muy abiertos. También se quedaron con la boca abierta. LuAnn sabía *cantar de* verdad.

Les encantó cada minuto del set de LuAnn, ganando una nueva apreciación de su talento y de su amiga. Pero las sorpresas no habían terminado. LuAnn colocó con cuidado su guitarra turquesa en el soporte de pie y bajó del escenario, ayudada por un hombre del público. Y ese hombre no era otro que Marc Rogers.

"¡Esa bola de baba!" Dijo Rachel. Por fin se la pudo oír después de que la banda se fuera al descanso.

Olivia parecía sorprendida y se quedó sin palabras.

"¿Por qué no me sorprende?" preguntó Tia.

"Es asqueroso. Pero, ¿qué está haciendo LuAnn?" Preguntó Rachel.

"Oh, Dios, espero que no esté saliendo con él", dijo Olivia, finalmente recuperando la voz. "¿Tal vez sea inocente por su parte?"

Ambas mujeres miraban a Olivia como si llevara una tiara. Ella siempre veía lo positivo de las situaciones. A veces era demasiado ingenua.

"¿Debemos hacerle saber que estamos aquí?" Tia preguntó.

"Deberíamos, para que sepa que hemos venido a verla", dijo Olivia.

"Y entonces Marc también sabrá que estamos aquí", dijo Rachel. "¿Queremos eso? ¿Nos importa?"

La decisión no estaba en sus manos. La pareja caminó cerca, hacia el bar. No haberle dicho algo a LuAnn habría sido una grosería. En cuanto a Marc, bueno, él sólo tendría que tomar sus golpes.

"¡LuAnn, nuestra chica!", llamó Rachel, agitando el brazo y medio levantándose.

LuAnn se dio la vuelta y se puso una expresión de alegría instantánea.

"¡Señoras! Habéis venido. Me alegro mucho de veros". LuAnn se arrastró entre la gente con sus botas de plataforma hacia su mesa. Ella abrazó a Rachel primero ya que estaba más cerca y de pie ahora. Luego vino Tia, seguida por el conductor designado.

"Pensé que nunca vendrían a verme. Me habéis hecho muy feliz". LuAnn estaba casi saltando.

"Te prometimos que vendríamos. Y aquí estamos", dijo Rachel, abriendo los brazos.

Marc permaneció alrededor de la barra, sin aventurarse a avanzar. ¿Quizás pensó que su presencia no había sido notada?

"¿Puedo sentarme contigo?" Preguntó LuAnn.

"¡Por supuesto!", dijeron al unísono.

LuAnn se deslizó en una silla. en.

"No quiero ser grosera, LuAnn, pero ¿qué hace ese imbécil aquí contigo?" preguntó Rachel, enganchando el pulgar en dirección a Marc.

"Oh, ¿él? ¿Marc? Querida, no seas tonta", dijo ella. "Sólo es un buen chico que anda por ahí como las moscas a la miel. Los tengo en todas partes. No puedo deshacerme de ellos".

Las chicas miraron a Olivia. Aparentemente, ella había tenido razón. Inocente. Al menos por parte de LuAnn. ¿Marc? No es probable.

"Nos encanta tu traje, y las joyas", dijo Tia.

"Sí, estás muy guapa", dijo Olivia.

"Cariño. Eres increíble, LuAnn. Me encanta tu voz", dijo Rachel.

"Oh, ahora habéis ido y me habéis avergonzado", dijo LuAnn. "Sólo soy yo haciendo lo mío, eso es todo".

"Y es modesta", comentó Rachel.

Todas se rieron.

El camarero se acercó, preguntando a LuAnn si quería algo del bar.

"No, cariño, tengo mi agua embotellada en el escenario. Pero gracias".

Las otras señoras pidieron otra ronda de refrescos. LuAnn volvió al escenario para otro set, al que las chicas se quedaron. Marc desapareció en algún lugar, aunque no les importó. Las chicas estaban aliviadas de que LuAnn no anduviera por ahí con un hombre casado. En general, fue una gran noche. Y llegaron a casa sin problemas. Rachel incluso llegó a su dormitorio sin incidentes.

VEINTINUEVE

LA ALARMA SONÓ según el ajuste del temporizador. Tenía un sonido metálico que le resultaba muy molesto. Rachel gimió mientras se revolvía en la cama. Sentada en un lado de la misma, se recordó a sí misma que se levantaba temprano un domingo por la mañana para ir a la iglesia con Joe. No era la primera vez, pero era significativo. Había sido una sugerencia suya, después de todo.

Se había duchado la noche anterior, así que estaba lista para salir. Después de lavarse los dientes, se dirigió a la cocina con sus suaves zapatillas. Joe ya había preparado el café. ¡Qué tipo! Se sirvió una taza y añadió el azúcar y la crema necesarios. Podía oír a Joe en la ducha, así que volvió a su zona para prepararse, taza en mano.

Una hora más tarde, Rachel estaba esperando en la puerta. Ya se había comido un huevo cocido y tomado su café, así que estaba preparada para lo que le esperaba en esta mañana de domingo. Joe salió, bien vestido con pantalones y una buena camisa. Esto era Florida, nadie se vestía para ir a la iglesia. En realidad, Joe estaba mejor vestido que la mayoría de los que aparecían, teniendo en cuenta que normalmente aparecían en vaqueros y camisetas. Tal vez incluso con pantalones cortos. Probablemente el pastor sería el mejor vestido de la multitud, pero incluso los ministros de muchas iglesias eran más informales de lo que Rachel recordaba de su juventud.

"Buenos días", dijo Joe cuando la vio. "Te ves muy bien".

Rachel no pensaba ser una de las personas más informales de la iglesia. Después de todo, tenía respeto por la iglesia, y había hecho un esfuerzo por ponerse un vestido rosa y unos tacones. Vale, eran sandalias, pero tenían tacón. Sabía que su aspecto era el de ir a la iglesia. Y quería impresionar a Joe con su esfuerzo. Esto era importante. No estaba segura de por qué, pero hoy importaba.

"Gracias. Tú también te ves bien".

Ambos estaban en un estado de ánimo muy agradable. Cada uno quería complacer al otro. Sus bromas mientras conducían a la iglesia eran casuales y amistosas. Cuando Joe mencionó al pastor al entrar que su esposa asistiría hoy, el pastor fue muy amable con ella. Pero no fue insistente. Rachel lo agradeció.

No tardaron en sentarse cuando Loretta llegó al pasillo. Tanto Rachel como Joe le hicieron un gesto para que se sentara con ellos, pero ella hizo un gesto con la mano para negarse. Probablemente Loretta reconoció que debían sentarse a solas como marido y mujer.

Rachel no sabía qué esperar del servicio. Recordaba de su infancia los pesados himnos acompañados de música de órgano, las lecturas y el fuerte sermón que se pronunciaba. Pero no había asistido a esta iglesia en particular con Joe. Él siempre la había llevado al servicio tradicional de otras iglesias. Evidentemente, se lo había pensado mejor, diciéndole que éste era el servicio contemporáneo, y que era diferente de lo que ella había experimentado en el pasado. Le había indicado que creía que le gustaría mucho.

La música estalla, con tambores, guitarras y un teclado. Aproximadamente diez hombres y mujeres estaban de pie en la plataforma interpretando música o cantando. Estaba asombrada por lo que oía. No se parecía a ninguna iglesia que ella recordara. La música era alegre y conmovedora, lo que le hacía querer balancearse. Este servicio era emocionante. Le producía escalofríos en los brazos y le hacía abrir los ojos con sorpresa. Comenzó a aplaudir. Rachel movió su cuerpo con el ritmo al ponerse de pie. Mirando a Joe, sonrió su agradecimiento.

Cuando llegó el momento del sermón, no hubo fuego del infierno y azufre. Más bien, fue edificante y tuvo un mensaje positivo. Se le animó a rezar y a buscar la dirección del Espíritu Santo. Se hizo hincapié en la Biblia como fuente de respuestas y en cómo podía experimentar la Palabra en general para guiarla. Nada la molestó ni la hizo sentir incómoda. Ella sonrió a Joe. Sonrió, y punto. Estaba feliz de estar en este lugar de culto.

Joe y Rachel salieron de la iglesia y condujeron a casa. Todo el tiempo, Rachel sintió que su cuerpo cantaba alabanzas. Y no dejaba de sonreír. Se sentía *tan feliz*. Nunca se había sentido así después de asistir a la iglesia. ¿Qué había pasado? No lo sabía. Todo lo que sabía era que era feliz.

El lunes por la mañana, Marc Rogers entró en el despacho de Rachel.

"Tengo la cuota de la asociación", dijo, colocando un cheque sobre su escritorio.

"Toma asiento, Marc, me gustaría hablar contigo". Señaló la silla frente al escritorio. Parecía inquieto mientras se sentaba.

Rachel cruzó las manos al frente y relajó los brazos sobre el escritorio. Esta era la oportunidad perfecta para preguntarle sobre algo que la preocupaba.

"Tengo una pregunta para ti, Marc", dijo ella, sus ojos penetrando en los de él. "Alguien te vio intentando entrar en el antiguo apartamento de Eneida. ¿Qué esperabas encontrar?"

Durante una fracción de segundo, Marc pareció un niño al que acaban de pillar robando caramelos en una tienda. Recuperando la compostura, trató de negar el incidente. "No sé de qué estás hablando".

"No me lo creo, Marc. Fuiste visto por alguien de confianza". Rachel no iba a dejar que este hombre se saliera con la suya. Ella no era la policía, así que no tenía que ser educada o respetuosa con sus derechos.

Marc se rascó la nuca, ganando tiempo. Finalmente, habló. "Fue una tontería. Caramba. Pensé que tal vez podría encontrar su diario", dijo, sacudiendo la cabeza y poniendo los ojos en blanco.

"¿Su diario? ¿Cómo sabías que tenía un diario?" Ni siquiera Rachel sabía que su amiga tenía un diario.

"Lo vi una vez cuando estaba allí", dijo. "Estaba ahí, sobre la mesa. La palabra «Diario» estaba en la portada".

"¿Qué estabas haciendo en la unidad de Eneida? ¿Estaba Lola contigo?"

"No, ella no vino".

"Sin embargo, ¿estabas allí solo?" Este era el visitante que la hija había mencionado, el inoportuno.

"Um, sí. Sólo yo". Marc se encogió de hombros. "¿Y qué?"

"¿Por qué estabas allí?"

"Me gustaba un poco", dijo, pasándose nerviosamente una mano por el cabello.

"Eres un hombre casado, Marc. ¿No crees que es inapropiado estar visitando a una mujer soltera, sola?" Rachel hacía lo posible por no insultarlo.

"Uh, bueno, tal vez".

Rachel frunció el ceño. "¿Quizás? ¿Qué tal si tal vez no deberías haber estado allí?"

"Supongo". Volvió a encogerse de hombros.

"¿Por qué querías su diario? ¿Qué contenía que no querías que nadie viera?"

"Que la estaba visitando".

"¿Cómo sabes que el diario tenía alguna indicación de tus visitas?"

"No lo hice", dijo. "Pero si lo hizo, no quería que Lola se enterara".

Era una respuesta plausible. ¿Pero era la verdad?

"Ya veo. Entonces, si hubieras encontrado el diario, ¿qué habrías hecho con él?", preguntó.

"Tíralo al incinerador, por supuesto". Sonrió con esa idea.

Rachel se sentó de nuevo en su silla, con la mirada clavada en Marc. Sacudió la cabeza lentamente.

"¿Mataste a Eneida?" *Oye, ¿por qué no hacer la pregunta?*

Marc parecía atónito ante la pregunta. "¡No!"

"Vamos, Marc. ¿Mataste a Eneida?"

"¡No puede ser! No fui yo". Su expresión parecía honesta. Pero algunas personas son buenos actores.

"Vale, te creo". Rachel no le creía realmente, pero no iba a decírselo. "He terminado de hacer preguntas. Ya puedes irte".

Marc se levantó sobre sus delgadas piernas, intentando parecer informal mientras salía de la oficina hacia el aparcamiento. En cuanto Marc se alejó, Rachel sacó una llave de la caja de llaves y se dirigió al ascensor. Cuando llegó al octavo piso, se dirigió directamente al antiguo apartamento de Eneida. Respirando rápidamente, abrió la puerta y entró en la antigua escena del crimen.

TREINTA

RECORDÓ la sangre en las paredes, los cristales rotos, nada de lo cual estaba presente ahora. En los muebles donde los forenses habían buscado huellas dactilares quedaba un polvo negro revelador. Una gran parte de la alfombra había sido arrancada y eliminada, y una sección de la pared donde había estado el abanico de sangre que goteaba también había sido eliminada. Sospechaba que Margarita iba a abandonar la propiedad, ya que no había hecho ningún esfuerzo por arreglar la unidad para su venta ni había reclamado ninguna de las pertenencias de su madre. *Demasiado deprimente.*

Rachel se situó en el centro de la sala de estar. "¿Qué ha pasado, Eneida? ¿Quién te ha matado?"

Caminó, sin saber por dónde empezar a buscar el diario de Eneida. Rachel entró en el dormitorio, el que sabía que usaba Eneida. Nada parecía fuera de lugar allí, sólo un dormitorio típico que obviamente pertenecía a una mujer. Todos los accesorios gritaban mujer. Recorrió la habitación con la mirada, buscando algo. Tenía que haber una pista. Sin embargo, ¿no habría encontrado la policía alguna prueba válida? No habían permitido el acceso a la unidad durante dos semanas. Seguro que habían encontrado todo lo importante. Si el diario hubiera estado a la vista sobre la mesa, lo habrían confiscado. Incluso si la policía tenía el diario, el detective France no estaba obligado a decírselo. Quizá fuera una búsqueda inútil.

Cruzando la sala de estar y el comedor, Rachel caminó por el pasillo hacia el otro dormitorio. La habitación parecía impoluta, al igual que el baño y la zona de la encimera. Rachel pensó en destrozar la cama, pero ¿por qué iba Eneida a esconder su diario en un lugar tan incómodo? El lugar más probable sería su dormitorio.

Volvió a la habitación de Eneida.

"¿Dónde esconderías un diario?"

Rachel volvió a entrar en el dormitorio. Se acercó a la mesita de noche y abrió el cajón. Estaba vacío.

"Por supuesto".

Siguió curioseando, incluso entrando en los cajones personales donde se guardaban los camisones y la ropa interior de Eneida. Hojeando los montones de prendas, no encontró nada extraño, sin embargo, se sintió un poco avergonzada al hacerlo.

"Lo siento, Eneida".

¿Y la cama? Estaba perfectamente colocada, sin dar la impresión de que nadie se hubiera sentado en ella desde el asesinato. Rachel se acercó a la cama, arrancó el edredón y levantó las almohadas, pero no había nada debajo. Metió las manos entre el colchón y los muelles de la cama, recorriéndolas a lo largo de la misma, pero no encontró nada. Se dirigió al otro lado, y luego a los pies de la cama. Todavía no encontró nada. Estaba a punto de rendirse.

"Oh, espera".

Había algo metido debajo del colchón. Sus manos descubrieron un objeto empujado hacia arriba que parecía una bolsa de papel con algo dentro. Deslizando la bolsa y su contenido, se sentó a los pies de la cama y abrió la bolsa. Lo que había dentro hizo que su corazón diera un salto. Era un diario. La palabra estaba claramente grabada en la tapa, tal como había dicho Marc. Rachel cerró la bolsa y salió de la unidad, cerrando con llave. Llamó al detective France en cuanto volvió a su despacho.

Mientras esperaba a que el detective viniera a recuperar el diario, tuvo la gran tentación de buscar pistas en él. Sin embargo, no quería contaminar ninguna prueba que pudiera estar en el diario. Tampoco era necesario que sus propias huellas aparecieran en el libro.

LuAnn entró en el despacho de Rachel con una mirada de desconcierto.

"Buenas tardes, LuAnn".

"¡Hola!"

"Entonces, ¿qué pasa? ¿Cómo va tu actuación?" Rachel no había hablado con LuAnn desde que las chicas la habían visto actuar en el bar Gray Goat.

"Va bien; estoy contento".

"¿Qué pasa con Marc? ¿Sigue rondando por allí?"

"Desgraciadamente, sí". LuAnn decidió sentarse.

"Lo siento".

"Yo también. Más bien lo siento por Lola", dijo LuAnn. "Cariño, no ha captado la indirecta de que no estoy interesada. A estas alturas, Lola debe estar preguntándose dónde está él tan a menudo por la noche. Probablemente piensa que tiene una aventura".

"Sí, probablemente lo haga", coincidió Rachel. "Tal vez deberías nivelar con él".

"Lo he intentado, pero sigue viniendo. Dice que somos

amigos. Bueno, los amigos no me miran como él. Querida, ese chico tiene otras cosas en mente". LuAnn sacudió la cabeza con frustración. "Sigue ayudándome a bajar del escenario después de mis sets. Tal vez tenga que hablar con el portero".

"Hm, sí, pon un poco de miedo en él".

En ese momento, Lola abrió la puerta del despacho. Su expresión cambió bruscamente al ver a LuAnn sentada en la silla.

"Hola, Lola", dijo Rachel. LuAnn también la saludó.

Lola giró la cabeza para enfocar a Rachel, dedicándole una media sonrisa.

LuAnn decidió que esa era su señal para irse, así que se puso de pie. "Bueno, señoras, tengo cosas que hacer", anunció LuAnn. "Que tengan un buen día".

"Adiós, LuAnn", dijo Rachel. Lola permaneció en silencio.

"Entonces, Lola, ¿qué te trae por aquí?" preguntó Rachel con una sonrisa.

"Bueno, es Marc", dijo Lola lentamente.

Rachel se dio cuenta de que los ojos de Lola estaban rojos y parecían húmedos.

"Creo que está teniendo una aventura... ¡con esa mujer!" Lola señaló la puerta por la que acababa de salir LuAnn. "Ella es una destructora de hogares. La quiero fuera de aquí".

"Lola, no puedo pedirle que se vaya porque sospechas que tiene una aventura con tu marido. Eso no es realmente de mi incumbencia". Rachel le indicó a Lola que se sentara en la silla. "Además, ¿realmente sabes que tiene una aventura? ¿Y por qué crees que es con LuAnn?"

"¡Porque tenía fósforos en sus bolsillos de algún bar de mala muerte!" espetó Lola. "Sé que canta allí. Ella me lo dijo. Y no ha estado en casa la mayoría de las noches. No me dice dónde ha estado. Así que sé que tiene una aventura con ella".

Una vez más, Rachel se sintió como Dear Abby. Nada de

esto era su problema, pero todos en el condominio parecían pensar que ella tenía todas las respuestas a las dificultades que tenían. Pero esta era una situación complicada porque ella sabía más que Lola. Aunque Rachel creía que Marc era una rata, no se sentía cómoda diciéndole a Lola lo que sabía. Además, según LuAnn, no estaban teniendo una aventura. La culpa era toda de Marc, no de LuAnn. Pero ella no podía decirle eso a Lola.

"Lo siento, Lola. No sé qué puedo hacer para ayudarte".

Lola miró con tristeza a Rachel y luego su rostro se transformó en un feo llanto. Grandes lágrimas rodaron por sus mejillas y sus hombros temblaron.

"Oh, chica... ¿merece Marc toda esta emoción?"

"Ehhhhh, yuuuuu, mummum", respondió ella.

"No entiendo nada de lo que dices".

Lola respiró hondo y gritó con fuerza: "¡Le quiero!".

Oh, hermano.

Cogió unos pañuelos de papel y se los entregó a la mujer que lloraba. Lola aceptó el ofrecimiento y soltó los pañuelos.

"Tal vez deberías ir a casa y tener una charla con Marc".

"Está en el trabajo. Al menos se supone que está", dijo Lola, sonándose la nariz.

"Estoy seguro de que está en el trabajo. Ve a casa. Hazle una buena cena. Tened una pequeña charla después", sugirió Rachel.

Lola asintió con la cabeza mientras se limpiaba la nariz. Dio una respuesta inaudible y se levantó para marcharse.

"Adiós, Lola".

"Zrrrrfff", respondió tras el pañuelo mientras se marchaba.

Nada más salir Lola del despacho, entró el detective France. Rachel le entregó la bolsa de papel con el diario y le explicó cómo lo había encontrado.

"Te avisaré si encontramos algo de valor", dijo, cogiendo la bolsa y su contenido.

"Sí, por favor, hazlo. Quiero saberlo en cuanto te enteres".

Y luego se fue. Por fin solo.

¿Quién podría haber previsto cuando ella y Joe se habían mudado aquí que se encontrarían con tanto drama? Y un asesinato. Rachel necesitaba unas vacaciones.

TREINTA Y UNO

DURANTE ESA NOCHE, la electricidad del condominio se volvió a cortar. Desafortunadamente para LuAnn, sucedió cuando estaba en el cuarto de lavado. Mientras se inclinaba sobre la secadora, sacando sus prendas, las luces se apagaron. Para empezar, no era una zona bien iluminada, así que cuando se fue la luz, el lavadero quedó sumido en una oscuridad total, mucho peor que cuando se fue la luz recientemente en la casa club. No había luces de emergencia en la lavandería.

"¡Oh, hombre!"

LuAnn se levantó de la secadora, golpeándose la cabeza con la parte superior de la abertura. Se llevó instintivamente la mano a la cabeza y se dio la vuelta. Fue entonces cuando sintió un golpe en el estómago. Se dobló, gimiendo, preguntándose qué había pasado. Entonces sintió que algo la cubría, como una sábana, aunque no estaba segura de lo que era. Sin embargo, olía a recién lavado. LuAnn se movió con cautela y sintió dolor en los costados, como si alguien la golpeara. La confusión se hizo presente al sentir continuamente golpes en su cuerpo.

"¡Detente!", gritó.

Pero el agresor no cesó, sino que siguió golpeándola allí donde los golpes caían sobre su cuerpo y su cabeza.

Y entonces cayó al suelo, sin aliento. LuAnn sintió una patada en el costado y oyó que algo caía sobre el suelo de cemento. La puerta del lavadero chirrió al abrirse y cerrarse.

Huyendo de la escena.

Al cabo de un rato, LuAnn recuperó la compostura y se levantó dolorosamente del suelo de cemento. Agitando la cubierta, pudo ponerse de pie y finalmente liberarse de lo que la retenía. Fue entonces cuando las luces volvieron a encenderse.

LuAnn miró rápidamente a su alrededor para ver quién estaba en el lavadero con ella. No se veía a nadie. Vio una sábana tirada a un lado en el suelo. Su sábana.

"¿Quién está aquí? Sal, cobarde", dijo, sabiendo muy bien que era poco probable que lo hicieran.

Ningún sonido, ninguna acción. LuAnn volvió a mirar a su alrededor desde su posición en busca de alguna señal. No era una habitación muy grande, así que podía ver fácilmente todo. Pero no vio a nadie. Obviamente, habían huido. ¿Por qué querría alguien atacarla? Y entonces vio lo que parecía un mazo de madera en el suelo. Se agachó dolorosamente para recogerlo. El objeto parecía ser un ablandador de carne de madera, algo que se encuentra en la cocina de cualquiera. El arma preferida. LuAnn lo metió en una funda de almohada, arrojando la funda al cesto de la ropa sucia y empezó a recoger el resto de la ropa de la secadora. LuAnn sintió un dolor agudo en los costados cuando levantó el cesto. Ligeramente confundida, salió del lavadero con esfuerzo. Al regresar a su unidad, no dejó de mirar por el pasillo para ver si había alguien cerca. ¿Había visto alguien a su agresor? ¿Seguía el agresor aquí? No lo sabía, y se dio cuenta de que no debía saberlo. A alguien no le gustaba que viviera aquí. Eso era seguro.

. . .

LuAnn fue la primera persona en entrar en la oficina de Rachel al día siguiente.

"Cariño, me atacaron anoche", anunció.

"¿*Qué*? ¿Atacado por quién?" preguntó Rachel.

"No tengo la menor idea, pero alguien estaba blandiendo esto". LuAnn extendió con cautela el ablandador de carne de madera para que Rachel lo viera.

"Es un arma extraña", dijo Rachel. "¿Esto ocurrió en el bar Gray Goat?"

"No. En nuestro lavadero, cariño. Cuando las luces se apagaron anoche".

"¡No puede ser! Eso es horrible", dijo Rachel. "Automáticamente pensé que había ocurrido en tu trabajo".

"No trabajé anoche", dijo LuAnn. "Quien me atacó me magulló las costillas con esa cosa, así que no entré".

"Lo siento mucho, LuAnn", dijo Rachel, mirando con lástima a su amiga. "¿Llamaste a la policía?"

"Todavía no. Quería decírtelo primero".

"¿Fuiste al médico?"

"No. Me siento mejor esta mañana, así que estoy bien, cariño", dijo LuAnn. "Estoy segura de que no es nada serio".

"Bueno... si tú lo dices. Pero déjame llamar a la policía desde mi despacho", dijo Rachel, cogiendo el teléfono. Rachel marcó el número de la policía. No tardó en llegar un agente.

La sargento Bates era una mujer formadora, vestida con el uniforme verde estándar. Se apartó el sombrero de su rostro bronceado y sacó un bloc de notas y un bolígrafo, evidentemente ansiosa por empezar.

"No tengo ni idea de quién podría hacerme algo así", dijo LuAnn en respuesta a la primera pregunta del agente. "Las luces se apagaron y no pude ver nada. Entonces alguien puso una sábana sobre mí (una de mis sábanas de la secadora) y empezó a golpearme con un ablandador de carne. ¿Puedes creerlo?"

"¿Un ablandador de carne?", preguntó el sargento.

"Sí, cariño. Este", dijo LuAnn, extendiendo el brazo para mostrar al agente el objeto que tenía en la mano.

"Es un arma extraña, ¿no crees?" Dijo Rachel.

"Sí", aceptó el agente. Buscó en su bolsillo trasero una bolsa para contener las pruebas.

"De todos modos, esta persona me golpeó un montón de veces en las costillas y también me dio algunos golpes en la cabeza".

"¿Y no sabe quién le hizo esto?" El sargento Bates volvió a preguntar.

"No tengo ni idea, cariño".

"¿Alguien le guarda rencor en este edificio?", preguntó, escribiendo sus notas con rapidez. "¿Tienes algún enemigo aquí?"

"No, cariño, ni siquiera he vivido aquí mucho tiempo".

"¿Estás seguro?"

"Mi única vecina está algo celosa de mí, pero tiene algo así como noventa y tres años", dijo LuAnn. "No creo que sea capaz de agredir".

"Nunca se sabe. ¿Cómo se llama?", preguntó el agente.

"Ruby".

"¿Rubí qué?"

"No lo sé", dijo LuAnn.

"Moskowitz", respondió Rachel por LuAnn. "Ruby Moskowitz. Pero ella no hizo esto".

La sargento levantó la vista de su cuaderno hacia Rachel y volvió a bajarla. Estaba claro que no descartaba ninguna posibilidad.

"¿Su número de apartamento?" Preguntó el sargento Bates.

"804", respondió Rachel. "¿Y Lola?" Miró a LuAnn.

"Oh, sí, y luego está Lola", recordó LuAnn. "Ella está celosa de mí. Muy celosa. Su marido me ha prestado demasiada atención. Pero ella no sabe ni la mitad. Si lo supiera, le diría que fuera a buscarla con seguridad. Francamente, cariño, no creo que sea ninguno de los dos. Lola es tan mansa. Y Ruby es simplemente vieja".

"¿Me permite subir, por favor? ¿Para visitar a estas mujeres?", preguntó el sargento a Rachel.

"Por supuesto", dijo Rachel, levantándose y señalando hacia el ascensor. "El apartamento de Lola es el 809. Síganme".

Rachel condujo a la funcionaria hasta la entrada del ascensor acristalado, desbloqueó la puerta e incluso pulsó el botón correcto por ella. Después de desearle un buen día al agente, volvió a su despacho. LuAnn seguía sentada en la silla.

"A Ruby le va a dar un ataque de ira después de que el sargento la interrogue", dijo Rachel.

"Sin duda, cariño. Tal vez no debería haber dicho nada sobre Ruby", dijo LuAnn. "Pero ella fue la única que actuó abiertamente como si tuviera un problema conmigo. Y Lola. Sólo te habló de sus sospechas. Ella siempre fue muy amable conmigo".

"Está bien, LuAnn. Esto sólo le dará a Ruby algo válido para quejarse".

Y se quejó.

En cuanto el agente se marchó, Ruby se puso al teléfono con Rachel, gritando en el auricular.

"Acababa de despertarme de la siesta, alguien golpea mi puerta y, cuando abro, hay un policía de pie". A Rachel no le resultó difícil darse cuenta de que Ruby estaba enfadada.

"¿Oh?"

"Y quiere saber si ataqué a LuAnn. *¿Yo?* Puede que no lo parezca, pero tengo noventa y tres años, por llorar en la cerveza.

No voy por ahí atacando a la gente a mi edad. ¿Quién hace eso?"

"Espero que no", dijo Rachel, apenas pudiendo pronunciar una palabra.

"¿Quién envió al policía aquí?"

"No tengo ni idea", dijo Rachel. Pensó que lo mejor era mentir a la iracunda mujer y hacerla creer que era una visita al azar.

"Bueno, si lo descubres, dales un pedazo de mi mente. La idea, yo atacando a la gente".

"Lo siento mucho, Ruby. Toma una taza de té y relájate".

"Se necesitará más que un té". Ruby colgó el teléfono.

¿Chocolate?

Lo que tenía que hacer para mantener la paz en el condominio.

TREINTA Y DOS

RACHEL SE METIÓ en la bañera de agua caliente. Unas bonitas burbujas de color rosado brillaban mientras se acumulaban sobre su cuerpo. Se sentía muy débil y un poco confundida. El exceso de trabajo debido al asesinato la había hecho necesitar urgentemente unas vacaciones. Tendría que mencionárselo a Joe. Estaban arreglando poco a poco su relación, así que tal vez él estaría dispuesto a tomarse unas vacaciones. Alejarse del estrés provocado por el asesinato y los malentendidos que habían sufrido; convertirlo en una segunda luna de miel. Los pensamientos perezosos que corrían por su cerebro le dieron sueño, y así se quedó dormida...

Joe entró en la unidad, saludado alegremente por Rufus.

"¿Rachel?"

El apartamento estaba a oscuras ya que habían vuelto a la hora estándar y no había luces encendidas. Miró en la cocina, pero su mujer no estaba allí. No había empezado la cena. Joe caminó por el pasillo hacia su dormitorio, pero ella no estaba allí. Al pasar de nuevo por el comedor, se dio cuenta de que las llaves del coche estaban sobre la mesa. Joe entró en su dormitorio, pero Rachel tampoco estaba allí. Entonces se dio cuenta de que la puerta del baño estaba cerrada.

"¿Rachel?", llamó, golpeando la puerta. "¿Rachel? ¿Estás ahí?"

Joe giró el pomo de la puerta y la abrió de un empujón. Vio a su mujer en la bañera, con la nariz justo por encima de la línea de agua. Gritó su nombre mientras saltaba hacia la bañera con un rápido movimiento, metiendo la mano en el agua para sacar el cuerpo de Rachel. Se dio la vuelta y la bajó a la alfombra del suelo. "¡Rachel!"

Su cabeza cayó hacia Joe, con los ojos cerrados.

Joe la sacudió ligeramente, sin estar del todo seguro de qué hacer, y luego le acarició las mejillas. Bajando la cabeza al pecho de Rachel, oyó los latidos regulares de su corazón y pudo sentir su aliento en la nuca. Joe se puso de pie y buscó el teléfono en su bolsillo trasero. Marcó el 911.

Sentado en la sala de espera de urgencias durante lo que parecieron horas, Joe estaba fuera de sí por la preocupación. Una enfermera había salido para avisar de que Rachel estaba volviendo en sí. Dio gracias a Dios porque su mujer estuviera viva y rezó por su total recuperación, no sabía de qué. Y se sentó miserablemente en su soledad. ¿Qué había pasado? ¿Qué le pasaba a su mujer?

"¿Sr. Barnes?" Una enfermera del mostrador le llamó por su nombre. Se apresuró a acercarse.

"Su esposa ha sido llevada a la habitación 224. Puede subir a verla".

"Gracias", dijo, y rápidamente encontró el ascensor, pulsando el botón en plano para el segundo piso.

Joe entró en la habitación de Rachel y se puso a los pies de la cama. Estaba apoyada en almohadas y llevaba una fea bata de hospital. Se sorprendió de lo pálida que estaba. Nunca había visto a nadie tan así.

"¿Joe?", dijo ella, abriendo los ojos.

"Rachel, me alegro mucho de que estés bien".

"¿Lo estoy? No estoy seguro de lo que ha pasado".

"Puedo decirte lo que ha pasado", dijo una voz detrás de Joe. Era el médico.

"Soy el doctor Haskell", dijo, tendiendo la mano a Joe. Era un hombre alto, de cuerpo delgado, que llevaba la preceptiva bata blanca. "Hola, Rachel", dijo, girando la cabeza hacia ella. "Siento decirte que tienes diabetes. Has tenido suerte de que tu marido te haya encontrado".

El rostro de Joe parecía aturdido, con la boca un poco abierta. "¿Diabetes?"

"Sí. Debe haber estado experimentando síntomas antes de que esto ocurriera", dijo, mirando de nuevo a Rachel.

"Sí". Rachel asintió con la cabeza. "Mareada, desmayada, sedienta y muy cansada. Con antojos de chocolate y todos los dulces, también".

Joe miró a su mujer sorprendido. "¿Lo sabías?"

"Lo sospechaba".

"Es del tipo uno. Le hemos recetado insulina y una dieta que debe cumplir", dijo el Dr. Haskell. "Rachel tendrá que quedarse aquí mientras la controlamos. Una vez que su nivel de azúcar en sangre alcance un rango normal, podrá volver a casa".

"Lo entiendo", dijo Joe. "Lo que sea necesario para que se recupere".

"¿Entiende que no se curará? Tendrá que controlar su nivel de azúcar en sangre a partir de ahora", dijo el médico.

"Sí, lo entiendo", dijo Joe. "La apoyaré, no hay problema".

"Bien". Y con eso, el médico salió de la habitación.

. . .

Joe se reunió con Rachel en la mesa del comedor tres días después. Era temprano en la mañana, más temprano de lo habitual para que Rachel estuviera despierta. Ella había preparado café, así que Joe cogió una taza y se sentó. Ella le dedicó una pequeña sonrisa. Él sabía que algo pasaba.

"Así que, pareces animado esta mañana. Un poco temprano para ti".

"Lo es, pero sabía que estarías despierto".

"Entonces, ¿qué pasa?"

"Quiero que me lleves al médico hoy. Tengo mi primera cita con un endocrinólogo".

Joe asintió con la cabeza. "Por supuesto. Puedo hacerlo".

"Estuve investigando en Internet sobre mis síntomas antes de aterrizar en el hospital", dijo.

"¿Sí? ¿Qué has averiguado?"

"Que podría tener diabetes".

"Tienes diabetes".

"Ahora lo sabemos, pero en ese momento sólo sospechaba. Todo ese comportamiento que creías que era porque había bebido demasiado, no lo era. Lo sabía", dijo, levantando su taza a los labios y tomando un sorbo. "Así que investigué y descubrí que mostraba signos de diabetes".

"Es una enfermedad grave".

"Lo sé". Su preocupación estaba claramente escrita en su rostro.

"¿A qué hora es la cita?

"A las dos".

"Bien, tengo algunos trabajos que hacer, así que, los sacaré del camino y volveré aquí para hacerte compañía".

"Por mí está bien", dijo ella, dedicándole una pequeña sonrisa.

Rufus se acercó y colocó su cabeza en el regazo de Rachel. Ella le acarició la cabeza distraídamente.

"Sabes que siempre te apoyaré. Y lo siento mucho, no tienes ni idea de lo que siento por haber pensado que estabas bebiendo cuando no era así". Joe se golpeó la frente con la mano. "¡Qué tonta!"

"No lo sabías. Está bien, de verdad", dijo. "Podría haber cometido el mismo error si la situación fuera a la inversa. Te quiero".

"Yo también te quiero", dijo acercándose a ella. Joe se inclinó y la besó en la mejilla. Ella no tardó en besar también su mejilla. Este era el primer afecto que habían intercambiado desde la separación de los dormitorios. Joe se apartó, mirándola. Era tan bonita y tan vulnerable.

"Todo va a estar bien", dijo. "Saldrás de esta".

Rachel le sonrió cuando se puso delante de ella.

"Con tu ayuda, sí, lo haré".

Rachel se sentó sola, sumida en sus pensamientos, mientras daba un sorbo a su café. Había evitado lo inevitable durante demasiado tiempo, cuando debería haberse puesto las bragas de niña grande y enfrentarse a lo que fuera que estuviera ocurriendo dentro de su cuerpo. Su evasión de ir al médico había sido inmadura. Pero sabía que Joe la ayudaría a recuperarse ahora. Confiaba en él. Lo amaba. Su dulce marido, Joe. Siempre confiable y a su lado, en las buenas y en las malas. Joe.

Eran algo más de las tres. Caminaban hacia el coche que habían dejado en el aparcamiento antes de asistir a la primera cita de Rachel con el médico. Ambos estaban en silencio. Rachel estaba digiriendo la experiencia. Joe miraba por el rabillo del ojo en busca de señales de la reacción de ella a lo que había oído. Rachel sabía que a él le resultaba difícil saber cuáles eran sus pensamientos.

El silencio se mantuvo entre ellos mientras entraban en el coche y se dirigían a casa.

"Bueno, no me sorprende lo que ha dicho. Pero me hubiera gustado que me sorprendiera con mejores noticias", dijo finalmente.

"Te ayudaré en todo lo que pueda. Estaré ahí para que hables". Obviamente, él ayudaría a Rachel. Ella ya lo sabía.

"Lo sé".

"Y puedes ir a la iglesia conmigo".

"Oh, sí. Esa sería una buena idea. Voy a necesitar un Poder Superior para superar esto".

"Ajá".

"Supongo que no dormiré los domingos".

"No".

"Pero, me encanta esa iglesia de todos modos", dijo. "Así que es un buen plan".

Rachel miró a Joe mientras éste entraba en su plaza de aparcamiento designada. Sabía que tenía suerte de tener a Joe. Era un buen hombre. Sólido. Dios la había bendecido con este hombre.

TREINTA Y TRES

NO ERA un secreto a qué hora LuAnn se iba a trabajar por la noche. Cualquiera con ojos podía ver su rutina. Desafortunadamente para LuAnn, Lola estaba caminando hacia ella en la pasarela cuando se fue en esa noche en particular. Estaba segura de que Lola había planeado a propósito este encuentro. Era demasiada coincidencia después de que el oficial le hiciera una visita.

"¡Tú!", gritó Lola, extendiendo el brazo para señalarla. "¿Por qué enviaste a la policía a mi puerta?"

"Cariño, no sé de qué estás hablando".

"¡Sí, lo sabes! ¿Pusiste a mi marido a llamar a la policía?" preguntó Lola.

"Lola, no tengo ni idea de lo que estás hablando", dijo LuAnn. "¿Por qué iba a hacer algo así? Apenas conozco a tu marido".

"Oh, no me vengas con eso. Sé que quieres a mi marido. Pero será mejor que te mantengas alejada de él, ¡maldita zorra!" El rostro de Lola se contorsionó en un feo gruñido. LuAnn se alarmó por su actitud.

A estas alturas de su vida, LuAnn estaba cansada de las mujeres celosas, y toda esta situación estaba agravando su frustración. Se había encontrado con ellas a menudo en su trabajo. Pero después de haber recibido una paliza recientemente, y aún con las costillas magulladas, no estaba de humor para mujeres extravagantes. Sin embargo, se las arregló para reunir algo de decoro.

"Lola, tranquilízate..."

"¡No me digas lo que tengo que hacer! Conozco a los de tu clase. Vas detrás de los hombres casados. Te gustan casados porque no hay compromiso y pueden salir volando en cualquier momento", dijo Lola, ahora subiendo las mangas largas de su camisa amarilla hasta los codos en una postura ofensiva, inclinándose hacia LuAnn. "Bueno, yo estoy casada con este hombre. Estoy comprometida con él. Lo amo. Así que, aléjate de Marc o haré algo que no te gustará".

"¿Qué, golpearme en el lavadero otra vez?" LuAnn no pudo evitarlo, las palabras se derramaron.

"No he sido yo", dijo Lola, enderezándose. "Yo no haría algo así. Y eso es exactamente lo que le dije a esa mujer policía. No fui yo".

"De verdad, Lola, esto es muy inmaduro y no es necesario. No pasa nada entre tu marido y yo. Absolutamente nada". LuAnn estaba lo suficientemente frustrada como para no escabullirse en silencio. Se mantuvo firme frente a Lola, sin ceder, a pesar del dolor de las costillas.

"No te creo. Las mujeres como tú mienten todo el tiempo. Así que te digo que dejes a Marc en paz". Lola gritó. "¡Y no me amenaces con más policías!"

A estas alturas, todo el alboroto había llevado a un par de vecinos a sus puertas para ver de qué se trataba todo el alboroto. LuAnn estaba avergonzada y Lola era ajena a la atención.

"Que tengas una buena noche, Lola", dijo LuAnn mientras caminaba a su alrededor. "Tengo que ir a trabajar".

Lola aprovechó para empujar a LuAnn por la espalda con la mano. LuAnn se dio la vuelta rápidamente, mirando a Lola. Levantó la mano en el aire y dijo: "Cuidado". Con esa advertencia, LuAnn retrocedió dos pasos, luego se dio la vuelta y se alejó de Lola, ajustando la correa de su top blanco que se había caído del hombro. Subió al ascensor sin más incidentes.

Penélope, que había estado observando todo el intercambio, sabía que iba a ser una noche ruidosa en la casa de los Rogers. Lola empezaba a gritar a Marc en cuanto entraba en el apartamento. Marc le devolvía los gritos y entonces comenzaba el lanzamiento de objetos. Penélope sacudía la cabeza, preparándose para el ruido. Incluso sin los audífonos puestos, oiría la conmoción. Toda la noche.

Y Penélope no se equivocaba. Cuando miró el reloj junto a su cama, eran más de las dos de la madrugada, y la pareja enemistada llevaba horas lanzando palabras y objetos. Imaginó que los jarrones que rebotaban, el mando a distancia, los platos y los libros no la dejaban dormir.

Este comportamiento ha durado demasiado tiempo.

Levantándose de la cama, Penélope tomó el asunto en sus manos. Antes, siempre había confiado en Rachel para que se encargara de los disturbios, pero esta noche no. Penélope estaba harta. Llamó al 911 después de volver a ponerse los audífonos y de ponerse un vestido sobre la cabeza y unas zapatillas en los pies.

No tardó en oír el timbre de la entrada principal. Pulsó el botón y escuchó a un hombre decir: "Policía. ¿Has llamado?"

"Sí, unidad 809. Todavía están en ello". Con eso, llamó a la policía al edificio. Al poco tiempo, oyó el ascensor subiendo mientras ella estaba de pie junto a la puerta principal. Cuatro hombres de gran físico salieron del ascensor. Penélope señaló la siguiente unidad.

"Puedes escucharlos por ti mismo", dijo mientras pasaban.

"¡Policía, abran la puerta!", gritó el primer hombre, golpeando la puerta con el puño.

El ruido cesó de repente y la puerta se abrió.

"¿Oficial?" Era la voz de Marc. Penélope la conocía bien. La había escuchado toda la noche, incluso sin sus audífonos.

"Tenemos que entrar para ver si su esposa está bien", dijo el segundo hombre.

Penélope oyó que la puerta se abría por completo. Todos los hombres entraron. Se acercó y se puso delante de la puerta, escuchando y observando. Por lo que pudo ver, la unidad estaba totalmente desordenada. Nada estaba colocado donde debía estar, y varios objetos, demasiados para contarlos, estaban esparcidos por toda la habitación. Penélope no podía creer lo que estaba viendo. Entonces se quedó sin aliento cuando vio a Marc escasamente vestido con unos pantalones cortos rotos y una camiseta raída. Tenía una mancha de sangre en el rostro, lo que parecía ser un corte en el muslo por debajo de los calzoncillos rotos, y la sangre le salía por el torso. Se estaba cubriendo la herida con la mano izquierda, o tal vez intentando detener la hemorragia.

"¿Sra. Rogers? Venga aquí", exigió uno de los oficiales.

Cuando Lola salió del dormitorio, Penélope volvió a jadear. El camisón de la mujer estaba desgarrado por el hombro, y había sangre manchada en la parte delantera. Pero lo más alarmante era el cuchillo que Lola llevaba en la mano, además de la expresión de miedo que tenía en el rostro. La anciana pensó que Lola parecía trastornada.

"Baja el cuchillo", ordenó uno de los oficiales.

Lola dejó que el cuchillo se deslizara de su mano al suelo.

Uno de los ayudantes alargó la mano para cogerla del brazo, pero ella dio un paso atrás. "¡No me toques!"

"Señora, tendrá que venir con nosotros a la estación. Es obvio que ha herido a su marido con ese cuchillo". Sacó unas esposas del bolsillo de su pantalón.

"Se lo merecía. Anda por ahí con una fulana. Lo haría una y otra vez si tuviera la oportunidad", gritó, mirando de un hombre a otro. Actuando como un animal acorralado, Lola siguió despotricando mientras uno de los agentes la sujetaba por la fuerza mientras el otro le aplicaba las esposas.

"¿Tienes una bata o un abrigo que ponerte?", le preguntó a Lola el mayor de los cuatro hombres.

Lola inclinó la cabeza en dirección al cuarto de baño. El agente se dirigió allí y sacó de detrás de la puerta una bata de baño de chenilla azul que le colocó sobre los hombros.

"Llama a los paramédicos", dijo uno de los agentes a otro, señalando a Marc, sentado cerca en una fea silla beige, que actuaba con mansedumbre. Alguien le había dado una toalla para recoger la sangre y lo había sentado en una silla a esperar.

Penélope se apartó de la puerta mientras dos hombres sacaban a Lola a toda prisa de la unidad. Pero no había terminado con la teatralidad. Lola empezó a gritar a pleno pulmón mientras esperaban a que el ascensor subiera a la octava planta.

"No lo entiendes", gritó ella. "Yo le quiero. Es mi hombre, no el de ella. Ella no puede tenerlo".

Cuando las puertas se abrieron, salieron dos oficiales, seguidos por LuAnn. La visión de su némesis encendió a Lola en un decibelio aún más alto de despotricar.

"¡Te mataré a ti también!" Gritó Lola. "¡Espera a que salga y verás si no voy a por ti!"

LuAnn parecía conmocionada por la escena que tenía ante sí. Intentó acercarse a su unidad sin acercarse a Lola ni a la policía mientras los agentes sujetaban a la enloquecida mujer mientras luchaba enérgicamente por liberarse para atacar a LuAnn. La bata de baño que llevaba sobre los hombros cayó al suelo durante la refriega.

"Muévase, señora, por favor", dijo uno de los hombres a LuAnn.

En cuanto la cantante salió del cubículo del ascensor, los agentes empujaron a Lola dentro del ascensor delante de ellos. Uno de ellos cogió la bata y se la llevó mientras las puertas se cerraban. La siguiente vez que se abrió el ascensor, Penélope vio llegar a los médicos con maletines. Como no sabía si iba a poder dormir después de toda la conmoción, decidió mirar mientras los dos médicos, un hombre y una mujer, vendaban a Marc lo suficiente como para llevarlo a urgencias. Más tarde, otras dos personas salieron del ascensor con una camilla para Marc.

Una vez que Marc estuvo cargado en el ascensor, Penélope volvió a entrar en su unidad, arrastrando los pies resbaladizos. ¡Qué noche! Ahora que todo estaba tranquilo, intentaría dormir.

TREINTA Y CUATRO

CUANDO RACHEL LLEGÓ a la oficina a la mañana siguiente, todo el condominio estaba alborotado. No había visto a todo el mundo actuar con tanta locura desde el asesinato. Entonces tenían motivos para preocuparse, pero ahora estaban conmocionados por los acontecimientos provocados por un vecino.

Había seis mensajes en el contestador automático. Sabía que en cuestión de segundos los residentes estarían clamando en su oficina. *¡Prepárate, chica!*

Penélope no era una de las vecinas inicialmente presentes porque había llamado a Rachel muy temprano para contarle lo que había ocurrido mientras ella dormía. Rachel tenía toda la información de un testigo ocular, que sabía que era fiable. Penélope nunca mentía ni exageraba. Sin embargo, Rachel estaba ansiosa por escuchar los detalles del detective. ¿Serían liberados los Rogers para volver a sus unidades? ¿Se mantendría a Lola en la cárcel? ¿Qué hay de Marc? ¿Había resultado gravemente herido?

Ruby y Loretta entraron, seguidas de Olivia y Tia. Todo el

mundo hablaba a la vez, por lo que Rachel se estaba frustrando. Otros residentes entraron expresando preocupación y curiosidad. Era una mañana muy agitada. Y entonces apareció Joe. No tuvo que explicarle nada porque ya había compartido la conversación de Penélope antes.

"¡Joe!" se levantó del escritorio. "Este lugar es una locura. Acompáñame a la unidad de Rogers".

"Por supuesto".

Los dos sacaron a todo el mundo del despacho y cerraron la puerta rápidamente antes de que llegara alguien más que quisiera saber qué estaba pasando. Abrieron la puerta del 809 con cuidado.

"¿Deberíamos estar aquí?" Preguntó Joe.

"Nadie me ha dicho que no entre. No sé si se ha cometido un delito. Yo administro estas unidades, así que creo que necesito ver el desastre que han creado. Pero no toques nada, Joe. No necesitamos que se repita lo de la última vez que atravesamos una escena del crimen", dijo Rachel, recordando aquella situación con vergüenza.

"No pensaba hacerlo".

Pasaron por encima y alrededor de los cristales y platos rotos como pudieron. Rachel sacó su teléfono móvil y procedió a hacer fotos del indescriptible desastre.

"Los Morgan tendrán una vaca absoluta cuando vean estas fotos", dijo.

"Creo que es hora de sacar a Marc y Lola", sugirió Joe.

"¡Absolutamente! El detective France no debería tener problemas con el desalojo ahora. Pienso decirles a los Morgan que esto ha estado ocurriendo y que deben desalojarlos si quieren tener un condominio para vivir. Estos locos están destruyendo esta unidad", dijo Rachel, dando un paso alrededor de un cubo de basura.

Joe asintió en silencio.

"¿Ves la sangre?", preguntó señalando el suelo. "Lola apuñaló a Marc en el estómago, también le hizo un corte en el muslo. Luego le dijo a la policía que se lo merecía. Qué idiota".

La mayoría de los daños parecían estar en el salón y el comedor. El resto de las habitaciones parecían estar bien.

"Volvamos abajo y llamaré a los Morgan. Tienen que ponerse en marcha con el desalojo", dijo Rachel. "Inmediatamente".

Rachel se sentó en la silla de su escritorio para escuchar los mensajes que habían llegado desde entonces mientras estaban arriba. Uno era del detective France. Le llamó inmediatamente.

"Rachel Barnes, le devuelvo la llamada, detective. Así que, ¿cuáles son las noticias?"

"Bien", comenzó France. "Marc está en el hospital. Vivirá. Lola no le hizo un daño grave a sus órganos internos, pero definitivamente le infligió alguna lesión. Le han operado un poco y le han cosido en todos los sitios donde le cortó. A Lola le fue mejor. Sólo cortes y moretones menores. Sin embargo, está en la cárcel a la espera de la comparecencia".

"¿Cuáles son los cargos contra ellos?" preguntó Rachel.

"Marc, abuso doméstico. Cuando le den el alta del hospital y lo lleven a la cárcel, podrá salir bajo fianza. Lola, intento de asesinato. Ella no va a ninguna parte".

"Es curioso, pensé que Marc era el malo de la película. Resulta que es Lola. Asesinato, ¿en serio?" Rachel se sorprendió un poco.

"Me temo que sí, segundo grado. Y amenazó con matar a uno de los vecinos, así que eso se añadirá a la lista", dijo, aclarándose la garganta.

"Increíble. Y todo por celos. Qué tontería", dijo Rachel.

"Voy a hacer unas preguntas a Marc sobre los celos de Lola", dijo el detective. "Parece estar fuera de control".

"Estoy seguro de que la vecina puede darte una buena descripción de cómo son los celos de Lola, también. Lola *es* exagerada. Incluso vino a mi oficina para quejarse de las aventuras de Marc", dijo. "Ah, y voy a pedir a los propietarios de la unidad que los desalojen. ¿Te parece bien? No lo estabas la última vez que quise".

"El desahucio lleva su tiempo, así que sigue con tus planes", le contestó. "Sin embargo, Marc es el único que se va a ver afectado por el desahucio. Lola probablemente estará en la cárcel a la espera del juicio".

"De acuerdo, lo seguiré. Gracias por mantenerme al tanto", dijo.

Después de colgar el teléfono, la siguiente llamada de Rachel fue a los Morgan.

Unos diez días después, sobre las dos, Marc entró en el despacho de Rachel.

"Hola, Rachel".

"Hola, Marc. Veo que has salido de la cárcel".

"Sí, sobre eso. Necesito hablar contigo".

"Bien, porque yo también necesito hablar contigo".

Marc se sentó en la silla y suspiró. Estaba aseado, llevaba ropa decente, pero parecía incómodo.

"Salí anoche. No traté de salir, sólo admití lo que había hecho y dejé que el juez me sentenciara". Marc pareció relajarse al empezar a hablar.

"Entonces, ¿cuál fue tu sentencia?"

"En realidad, fue más bien tiempo cumplido, una multa y libertad condicional. El Defensor del Pueblo culpó a mi paliza a Lola como defensa propia. No creo que el juez se creyera del todo ese razonamiento, pero había algo de verdad en ello, teniendo en cuenta que ella intentó matarme".

"Ya veo", dijo Rachel. Podía entender el razonamiento. Una mujer con un cuchillo que se acerca a una persona provocaría que te defendieras. Y tal vez añadir un par de golpes extra durante el calor de la ira.

"Ahora estoy en libertad condicional".

"¿Cómo están tus heridas?"

"Me estoy curando bien", dijo Marc, acariciando suavemente su vientre. "No eran cortes profundos, así que tuve suerte".

"¿Te das cuenta de que tendrás que mudarte de la unidad?" Rachel tuvo que decírselo en algún momento.

"Pensé que dirías eso".

"Los Morgan han comenzado el proceso de desalojo. No han podido ponerse en contacto contigo, así que no han tenido más remedio". Rachel movía un lápiz de un lado a otro entre dos dedos mientras hablaba.

"Lo entiendo. No pasa nada. Planeo mudarme".

"Que los Morgan lo sepan, por favor".

"Lo haré".

"Bien. ¿Y Lola?" Rachel tenía bastante curiosidad por la situación en la que se había metido la mujer.

Marc se pasó la mano por el cabello y suspiró. "Está en la cárcel y no espero que salga pronto. Quizá nunca".

"¿De verdad?"

"Sí, y hay otros cargos pendientes".

"¿Qué quieres decir?"

"Bueno, el detective habló conmigo en la cárcel. Están haciendo pruebas de diagnóstico (si esa es la palabra correcta) en el cuchillo que me clavó. Y dijo algo sobre un ablandador de carne. No lo entiendo todo. Pero me hizo muchas preguntas".

Rachel entendió lo del ablandador de carne, pero no compartió lo que sabía con Marc.

"Entonces, ¿tiene un abogado?"

"No tenemos tanto dinero. Pero su Defensor del Pueblo parece que sabe lo que hace". Marc le devolvió la mirada como si quisiera sugerir que todo estaba organizado.

"Lo entiendo, pero se enfrenta a un cargo de intento de asesinato, además de otros más, como acabas de decir. ¿No crees que debería tener un abogado decente?" Ella dejó de mover el lápiz, mirándolo fijamente.

"¡No tenemos el dinero!", dijo, levantando la voz junto con un exagerado encogimiento de hombros. "¿De dónde voy a sacar tanto dinero? Ni siquiera tenemos una casa".

Rachel lo miró directamente a los ojos. "¿Quieres que se baje, Marc?"

Marc bajó la mirada rápidamente. Para Rachel era evidente que no le importaba que su mujer saliera de la cárcel.

"Bien, ahí vamos. No quieres que salga. Tienes miedo de que te apuñale mientras duermes, ¿verdad?" Rachel sabía que este era su pensamiento. Sólo le interesaba protegerse a sí mismo.

Marc se movió torpemente en la silla. Rachel sacudió la cabeza con disgusto. *¿Por qué la gente se tortura? ¿Por qué no se divorcian? Desde luego, no seguían juntos por razones religiosas.*

"Entonces, ¿cuándo saldrás de la unidad?"

"Esta semana".

"Y vas a limpiar el desastre que hiciste en la unidad antes de irte, ¿verdad?"

Marc asintió con entusiasmo. "Sí, claro. Ya tenía pensado hacerlo".

Pero respondió con demasiada rapidez para ser creído. Rachel se inclinó sobre el escritorio.

"Deja esa unidad como si fuera nueva", dijo, con toda la intimidación que pudo reunir en su tono. "No me importa si tienes que contratar a todo un equipo de limpieza para hacer el trabajo".

"Sí, señora". Marc respondió a su tono estricto con uno muy agradable. Intentó sonreír, pero no lo consiguió.

"Ahora vete".

"Bien". Marc se puso de pie, mirándola. "Encantado de conocerte".

"Me gustaría poder decir lo mismo".

Cerró la puerta suavemente al salir.

TREINTA Y CINCO

LAS CUATRO CHICAS estaban reunidas para almorzar en uno de los bonitos restaurantes a los que acudían los turistas durante la temporada de invierno. No era exactamente la temporada de invierno, así que adquirir una mesa fue fácil ya que llegaron temprano.

"Oh, esa que está junto a la ventana", dijo Olivia, señalando en dirección a su idea de la mesa perfecta.

Todo el mundo se apresuró a la mesa indicada, reclamando asientos rápidamente antes de que los lugareños entraran a comer.

"Perfecto", dijo Olivia, sonriendo su satisfacción y alcanzando el menú en la mesa.

"Buen trabajo", dijo Rachel, desplazando su silla.

"¡Todos, estoy hambrienta!" LuAnn dijo. "No he desayunado".

"He desayunado, pero eso fue hace horas", dijo Tia. "Me muero de hambre".

Cada uno examinó su menú. La camarera se acercó a la

mesa, con el bloc de notas en la mano y el bolígrafo preparado para sus pedidos.

"Quiero pedir un vaso de té helado", dijo Olivia, mirando al camarero. "Y la ensalada César con pollo".

"Cheques separados", dijo Tia. "Yo quiero lo mismo que ella, ensalada César con pollo, pero sin picatostes, por favor".

LuAnn miró a la mujer. "Hazme un té helado, por favor. Quiero la ensalada de tiras de pollo".

"Yo también", dijo Rachel. "Y agua".

Las tres mujeres miraron a Rachel.

"¿No vas a tomar tu famoso té helado?" Preguntó Olivia.

"No. Nada con azúcar". Rachel miró a las señoras con una expresión de satisfacción en su rostro. Pero sabía que no podía salirse con la suya con esa simple respuesta.

"Bien, este es el asunto", comenzó, recostándose en su silla después de que el camarero abandonara la mesa. "Hace poco descubrí, tras un viaje al hospital, que soy diabética. No puedo beber nada con azúcar. Bueno, no si quiero regularme".

El silencio cayó sobre la mesa, como una nube negra que tapara el sol. Nadie se atrevió a decir una palabra. ¿La habían oído bien? ¿Diabetes?

"Estaba teniendo problemas. ¿Recuerdas que comí barras de chocolate y galletas y pasteles cuando estábamos en la casa club? Y mi té helado tenía muchos paquetes de azúcar. Me sentía débil, mareada y tenía sed todo el tiempo. Por no mencionar que mi agotamiento estaba por las nubes. Tenía los síntomas y mis hábitos estaban agravando mi estado, pero no quería ir al médico".

"Recuerdo que dijiste eso", dijo Tia. "¿Por qué no me dijiste nada?"

"Supongo que no quería oír malas noticias", dijo. "Pero aterricé en el hospital y fue entonces cuando descubrieron mi estado. Probablemente habría acabado por ir al médico, porque estaba investigando mis síntomas y sospechaba que tenía diabetes. Pero fui testaruda. Ya sabes cómo puedo ser".

LuAnn fue la primera en hablar. "Creo que es encomiable de tu parte, cariño, reconocer tu error".

Olivia miró en silencio a Rachel. Parecía estar en un estado de incredulidad.

"En realidad, todo ha salido bien, excepto la parte en la que me han diagnosticado diabetes. Joe pensó que me estaba emborrachando cuando no era así. Eso causó un problema entre nosotros, que ya te mencioné antes. ¿Recuerdas que te dije que estaba durmiendo en el dormitorio de invitados?"

El camarero volvió con sus bebidas y se marchó. Todos permanecieron en silencio hasta que Rachel reanudó su relato.

"Acabamos hablándonos poco y, digamos, que la vida era fría. Pero yo seguía saliendo con vosotras y siendo terca y desafiante". Rachel miró su vaso de agua. "Me rebelaba. Estaba decidida a que Joe no me dijera lo que tenía que hacer".

"Así que el diagnóstico te hizo cambiar", sugirió Tia.

"Sí. Y mi charla con Loretta. Empecé a ver mi error y cómo no estaba tratando bien a mi marido. Y luego fuimos a la iglesia".

"¿De verdad?", dijo Olivia, animándose de repente.

"Sí. Incluso fue una sugerencia mía. Loretta me había animado a asistir. Y me gustó. Me gustó mucho, y poco a poco empecé a aceptar el hecho de que tenía un problema. Entonces, fue cuando investigué un poco y descubrí que mis síntomas eran probablemente diabetes. Pero antes de poder ir al médico, tuve un incidente en la bañera. Podría haberme ahogado por mi estupidez, pero Joe me rescató".

"Nos preguntábamos por qué no te habías unido a nosotros para beber varias veces", dijo Tia. "Pero me alegro mucho de que hayas encontrado ayuda antes de que fuera aún más peligroso para tu salud".

"Yo también", dijo Olivia. "Estoy muy orgullosa de ti. Y vas a ir a la iglesia", obviamente estaba contenta por ese cambio.

"¡Cariño, eres la mejor!" Dijo LuAnn, acariciando el brazo de Rachel.

"Gracias", dijo Rachel, agachando un poco la cabeza por la vergüenza. "Necesito apoyo, así que gracias".

"Estamos aquí para ti, cariño", dijo LuAnn. "¿Para qué están los amigos?"

Cuando llegaron las ensaladas, cada una se zambulló en ellas con gusto y aprecio por su amiga. Rachel sabía que la apoyarían a su manera. Después de todo, para eso están los amigos.

El detective France entró en el despacho de Rachel sin avisar. Rachel sólo tuvo tiempo de enchufar la cafetera antes de que él entrara.

"Oh, Dios, definitivamente eres un pájaro madrugador", dijo.

El detective le sonrió. "Se sabe que soy así".

"¿Quieres una taza de café?"

"Claro".

"Dale unos minutos, acabo de enchufar la olla", dijo. "¿Cómo están tu mujer y el bebé?"

"Bueno", dijo, con una enorme sonrisa cruzando su rostro. "Sólo faltan unos meses. Los dos estamos muy emocionados, al ser el primero".

"Estoy seguro de ello". A Rachel le gustaba mucho el detective. Estaba muy contenta con la ampliación de su familia.

"Algunos amigos están organizando baby showers y todas esas cosas de bebés. Es un momento emocionante para nosotros".

"Ah, ¡qué tierna!"

"Pero, basta de eso. Estoy aquí hoy para darles una pequeña actualización".

"Ya veo".

"Pero primero, sobre tu residente, Marc".

"¿Qué ocurre con él?"

"¿Ha sacado todas sus pertenencias?"

"Supuestamente, lo ha hecho. Los Morgan han parado el desahucio porque él está dispuesto a irse". Rachel buscó detrás de ella dos tazas. "Y se supone que está fuera desde ayer. No he podido comprobar la unidad esta mañana".

Rachel sirvió dos tazas de café para ella y el detective. Le entregó una de las tazas a él.

"Gracias. Nunca tengo suficiente café".

"No estoy seguro de si se ha limpiado dentro o no", dijo ella, tomando un sorbo de café. "Le dije que lo hiciera".

"¿Quieres ir a revisar la unidad ahora?", preguntó, tomando un sorbo de café.

"¿Contigo? Claro, parece una buena idea".

Se levantaron de sus sillas, con las tazas de café en la mano, y se dirigieron hacia la puerta. El detective se la abrió a Rachel y se dirigieron al ascensor. Rachel realmente esperaba que naciera un hermoso bebé para él y su esposa. Se lo merecía en su trabajo.

Cuando llegaron a la octava planta, Penélope caminaba por el pasillo hacia ellos.

"Hola, Penélope", dijo Rachel.

Penélope asintió en respuesta a los dos.

"¿Estás bien?" preguntó Rachel.

"Estoy bien. Estoy disfrutando de la paz y la tranquilidad para variar", dijo con una sonrisa.

"Entonces, deduzco que Marc se fue ayer como estaba previsto", preguntó.

"Seguro que lo hizo. Y yo estaba encantada", dijo. "Si

hubiera tenido pompones, los habría agitado en el aire cuando se fue".

Los dos sonrieron por su humor.

"¿Sabes si ha limpiado dentro?"

"Salió mucha basura, ya lo vi", dijo Penélope, colocando su mano bajo la barbilla en un movimiento contemplativo. "En cuanto a la limpieza del resto, no tengo ni idea".

"Vamos a mirar dentro ahora", le dijo Rachel.

"De acuerdo. Por favor, que el próximo inquilino sea más tranquilo", dijo Penélope.

"Ciertamente trataré de hacerlo, Penélope". La anciana definitivamente se merecía un nuevo y tranquilo vecino después de sus muchas noches inquietas.

El detective y Rachel entraron en la unidad y se quedaron en la entrada, observando el entorno. Aunque se habían retirado las roturas y la basura, el mobiliario, que pertenecía a los Morgan, no estaba en buen estado. No había sido reorganizado de manera ordinaria en la habitación, ni se había limpiado o desempolvado. Las cicatrices en la madera eran visibles debido a los objetos arrojados. Rachel suspiró.

"Los Morgan no estarán contentos con este daño. Y las paredes". Señaló la evidente herida en una de las paredes.

Rachel pasó las manos por las partes de la pared que tenían muescas. Otras zonas todavía tenían manchas de sangre. No las tocó. Obviamente, Marc no se había molestado en lavar las paredes antes de irse.

Rachel se volvió hacia el detective. "Esto es un desastre".

"Sí, ya lo veo. Al menos sacó la basura".

"Eh...". Apenas. Todo lo que hizo fue recoger la rotura de *sus* posesiones. ¿Y lo que pertenecía a los Morgan?". Las manos de Rachel se agitaron en el aire con frustración. "Arruinaron algunos de los muebles. Por lo que sé, el sofá tiene astillas de vidrio".

"Sí, no es bueno".

"Los Morgan van a estar muy descontentos con esto", dijo Rachel. "Tendrán que volver a alquilar este lugar ahora. No pueden alquilarlo así, no sin que se haga más limpieza y pintura. Tal vez reemplazar algunos muebles".

"Creo que tienes razón", dijo France.

Se dirigieron a la puerta principal y caminaron hacia el ascensor, hablando.

"Estamos analizando el cuchillo que Lola usó para apuñalar a Marc", dijo el detective.

"Sí, Marc me lo mencionó. ¿Cuál es el propósito de eso?"

"Es algo que hacemos".

"¿De verdad? Apuesto a que hay algo más que eso". Rachel sonrió tras su declaración, pero el detective no esbozó ninguna sonrisa. "¡Oh, vamos! ¿Y qué pasó con el diario que te di?"

"Bueno, el contenido confirma que Marc pasaba tiempo con Eneida. Podría haber una conexión con su asesinato", respondió. "Realmente no puedo decir mucho más".

"Nadie sabía que ella lo estaba viendo".

"Ella no se veía exactamente con él; era más un acoso que otra cosa", reveló finalmente.

"¿Acoso? Entonces, ¿por qué no se lo dijo a alguien? ¿Decírmelo a mí? ¿Decírselo a la policía?" Rachel no podía entender por qué su amiga no le había confiado nada.

"Es difícil de decir".

"Entonces, ¿Marc mató a Eneida, como algunos sospechábamos?"

"No he dicho eso. Pero es nuestro principal sospechoso".

Rachel se detuvo frente al ascensor antes de pulsar el botón.

"Estás siendo evasivo".

"Digamos que hay que esperar a los resultados de las

pruebas del cuchillo... y del ablandador de carne". El detective France pulsó el botón.

Rachel miró al detective, frunciendo el ceño.

"Paciencia, Rachel. Más de una persona tuvo acceso a ese cuchillo. Y no sabemos sobre el ablandador de carne. Ten un poco de paciencia".

"Pero dijiste que Marc la estaba acosando. ¿Por qué no está ansioso por encontrarlo?"

"No he dicho que no sepamos dónde está".

"Oh."

Rachel suspiró exasperada. Era obvio que el detective no iba a ser comunicativo. Tendría que armarse de paciencia, que no era su fuerte. Bajaron en el ascensor en silencio.

TREINTA Y SEIS

RACHEL ESTABA SENTADA en el balcón de su unidad, con una taza de café a su lado en la mesa. En su regazo tenía una Biblia. En realidad, era la Biblia de Joe. Rachel nunca la había tocado. Joe era el que veía el valor de leer las escrituras. No fue hasta hace poco que Rachel había sentido la necesidad de pasar la primera página de este gran libro. Y era un libro grande, lleno de letras que le llegaban en negro y rojo. Se sintió llamada a abrirlo.

...le preguntó: "¿Quieres curarte?"

Había abierto el libro al azar dondequiera que cayera. Y cayó en Juan 5:6. Aquí Jesús le preguntaba a un hombre inválido que estaba tendido junto al estanque de Betesda si quería ser curado. Por supuesto que sí, el hombre no podía entrar en el estanque en el momento adecuado sin ayuda. Así que Jesús lo curó. El hombre recogió su tapete y se marchó.

Rachel levantó la cabeza para mirar el hermoso cielo azul que tenía delante.

"¿Quieres ponerte bien?"

Sus pensamientos recorrieron esa corta frase, peinando

cada palabra como lo hacía cuidadosamente cuando acicalaba cada cabello del cuerpo de Rufus.

Los cabellos de tu cabeza...

Rachel recordó algo sobre el número de cabellos de la cabeza, los gorriones que caen, pero Dios lo sabía todo. No sabía de dónde había salido ese pensamiento. ¿De la infancia? Tal vez. Desde luego, en los últimos años no había pensado en lo que contenía ese gran libro. Pero de alguna manera había recordado que Dios la conocía. Dios conocía el número de cabellos de su cabeza. Incluso en *su cabeza*, una cabeza a la que no podía importarle menos Dios, la iglesia o la Biblia. Incluso a ella.

Rachel volvió a mirar la Biblia en su regazo, que estaba abierta. Joe había dicho que empezara por el libro de Juan. Volvió a pasar la página hasta el principio de Juan. Y comenzó a leer.

Una hora más tarde, Rachel decidió que era hora de volver a presentarse ante Dios. Sabía que Él no la había olvidado en todos los años que siguieron a la infancia, pero para ella misma, sentía que necesitaba iniciar el contacto. Para ser sanada, en su alma y en su cuerpo. Loretta la había animado a ir a la iglesia, y lo había hecho. Joe siempre quiso que fuera con él, pero ella no veía la necesidad. Bueno, ahora ella veía la necesidad. Necesitaba confiar en Él como su apoyo, su guía, su consejero.

"¿Te acuerdas de mí? ¿El pequeñín de la escuela dominical? Sí, no he estado por aquí durante mucho tiempo, ¿verdad? Lo siento. De verdad, lo siento. La vida se interpuso en mi camino. Bueno, yo dejé que la vida se interpusiera en mi camino, ¿no? Había cosas más importantes que hacer, que ver, que ser, supongo. Al menos eso es lo que pensaba en ese momento". Rachel suspiró y comenzó de nuevo. "Sé que se supone que debo ponerte a ti primero. Lo entiendo. Pero no lo he hecho. Ni mucho menos. Pero me han dicho que nunca es demasiado tarde. Puedo empezar de nuevo. Así que aquí estoy, Señor. Empezando de nuevo. Estoy a tus pies pidiéndote que me ayudes a ser una buena mujer, una buena esposa, una buena administradora del condominio, una buena amiga. Simplemente buena.

"Joe merece una esposa devota. Una esposa comprensiva. Sí, lo sé, tengo que hacer esto por mí. Lo entiendo. Pero se merece una esposa que se comporte mejor. Por favor, ayúdame a alejarme de las distracciones que me tientan en otras direcciones. Mi pobre cuerpo también te lo agradecerá. Joe te agradecerá la fuerza que encuentro en ti. Él está muy contento con mi devoción a la iglesia y el aprendizaje de la Biblia. Está encantado, y yo estoy tan feliz de que él esté contento con los cambios en mí. Y me está gustando mucho la iglesia. No puedo creer que haya dicho eso, pero es verdad".

Rachel sonrió mientras volvía a posar sus ojos en la vista de las nubes hinchadas que flotaban tan tranquilamente en el hermoso cielo azul. Todo creado por Dios. Un universo que ella no podía ver completamente, pero que sabía que existía. Ella fue creada por Dios. Ella era una hija de Dios. Impresionante. Simplemente impresionante.

Ron y Arlene Morgan estaban sacando una silla beige maltrecha y manchada de la unidad que una vez alquilaron Lola y Marc Rogers. Habían llegado a la ciudad desde su otra residencia en el estado de Nueva York para ocuparse de la destrucción de su unidad. Pensaban deshacerse de la mayor parte de los muebles, ya que estaban dañados de forma irreparable. Ni siquiera era lo suficientemente decente como para donarlo a Goodwill. Los electrodomésticos eran aceptables, pero las paredes necesitaban reparación y pintura. Las cortinas estaban rasgadas y destruidas, y los suelos también necesitaban ser reparados. Era una escena desalentadora.

LuAnn pasó por allí cuando estaban sacando la silla por la puerta.

"Oh, Dios, ustedes deben ser los Morgan", dijo LuAnn con una gran sonrisa.

"Sí, soy Ron, esta es mi esposa Arlene", dijo el hombre, extendiendo una mano hacia ella.

LuAnn le cogió la mano y se acercó a Arlene para estrecharla también.

"Encantada de conoceros, amigos", dijo. "Vivo al otro lado de los ascensores".

"Oh, ¿así que eres el dueño de una de las unidades?" preguntó Arlene.

"No, sólo alquilo. Me gustaría tener una, son tan bonitas... y tranquilas ahora que esta gente se fue".

"Lamento que nuestros inquilinos te hayan causado problemas", dijo Ron, genuinamente preocupado.

"Oh, no fue tu culpa, cariño. Simplemente eran, bueno, un poco basura".

"¿Le gustaría comprar nuestra unidad?" La mirada de Arlene decía que acababa de tener la idea.

"¿Yo? No lo sé. No había pensado en esta unidad", dijo LuAnn, ladeando la cabeza.

"Bueno, tenemos que alquilarlo o venderlo. Creo que preferimos venderla para no volver a tener este problema", dijo mirando a su mujer para que estuviera de acuerdo.

"Sí, sería preferible vender", aceptó Arlene.

"Te haríamos un buen trato, por debajo del valor de mercado. Verá, con nuestros nietos en Nueva York, esto ya no nos conviene", dijo Ron, señalando la unidad.

"Bueno..." Dijo LuAnn.

"Ya que tenemos que pintar todas las paredes de todos

modos, podrías elegir los colores que prefieras", dijo Arlene. "Haz que sea realmente tu casa".

LuAnn no era conocida por sus pensamientos profundos ni por dejar las cosas para después. Era una mujer espontánea y creativa. Elegir los colores para su apartamento era una idea muy atractiva. La unidad en la que vivía ahora era apenas aceptable con sus colores. En realidad, no había ningún color. Todas las paredes eran marrones. LuAnn no consideraba el marrón como un color. Era aburrido y oscuro. Pero, después de todo, era un alquiler. Aquí ella sería la dueña de la unidad, no sólo el alquiler. Estaba muy tentada.

Los Morgan se dieron cuenta de que estaba reflexionando sobre su propuesta.

"¿Cuánto quieres bajar?" Preguntó LuAnn.

"¿$10,000?" Dijo Ron.

"Puedo hacerlo", dijo LuAnn.

Arlene mencionó un precio que sabía que estaba por debajo del valor real de la unidad. Incluso se ofreció a mantener la hipoteca. Pasaron un par de latidos antes de que LuAnn hablara.

"¡Tienes un trato!" dijo LuAnn, extendiendo su mano de nuevo para estrecharla.

Ron y Arlene rompieron a sonreír y se animaron.

"Haremos que nuestro abogado prepare el papeleo", dijo Ron.

"¡Estupendo! Y voy a ir a la tienda de pintura a recoger trozos de pintura. No puedo creerlo. Acabo de comprar un apartamento".

TREINTA Y SIETE

LAS CHICAS ESTABAN CELEBRANDO la adquisición de la unidad de condominio de LuAnn en su lugar favorito, la casa club. Todos brindaban y vitoreaban. Rachel bebió un té helado sin azúcar.

"Ni siquiera tengo que trasladarme a otra planta", dijo LuAnn. "Puedo bajar mis pertenencias trotando por el pasillo; así de fácil".

"¿Te han dejado algún mueble? ¿Necesitas algún mueble?" preguntó Olivia.

"La mayoría de los muebles son viejos o fueron destrozados por los Rogers, así que irán al contenedor". respondió LuAnn. "Realmente no necesito ningún mueble, pero el segundo juego de dormitorio que tienen me lo llevo para mi dormitorio extra. No deben haber usado mucho esa habitación".

"Buena idea", dijo Tia.

"Estoy encantada de que te conviertas en residente permanente", dijo Olivia.

"Yo también", dijo Rachel.

"Ahora sólo necesito un compañero", lanzó LuAnn, golpeando con sus uñas rojas el costado de su taza.

Las chicas se rieron.

"Hablando de chicos", dijo Rachel, dirigiendo su mirada a Olivia. "Últimamente no nos has puesto al día de tu romance con el buen doctor. ¿Qué pasa?"

Olivia bajó rápidamente la mirada hacia su regazo, volvió a levantar la cabeza y sonrió amablemente. El tipo de sonrisa que se utiliza cuando se intenta ser sincero, pero sin revelar demasiado.

"Mi amigo médico está tan ocupado con sus hijos mayores y sus nietos..."

"¿Tiene nietos?", interrumpió Rachel.

"Te lo dije".

"No, no lo hiciste", dijo Tia.

"Bueno, como sea, ahora sabes que tiene nietos", dijo Olivia, jugueteando con su collar. "Así que su familia lo mantiene ocupado. Y la mía me mantiene ocupada".

"¿Desde cuándo?" preguntó Rachel.

Olivia resopló de frustración y miró a Rachel.

"Robert se mudó a Florida y está a sólo una hora de distancia". Robert era el hijo mayor de Olivia.

"¿Cuándo ocurrió eso?" preguntó Tia.

"No lo sé, no hace mucho tiempo", dijo Olivia, molestándose más a medida que la verdad salía finalmente a la luz. "Así que, ha estado acercándose. Y Nancy también está haciendo ruido para acercarse a su familia. Así que ahora podré ver a *mis* nietos mucho más a menudo".

"Lo que estás diciendo, cariño, es que la familia es lo primero", dijo LuAnn.

"¡Sí!" Olivia miró a LuAnn con aprecio. Ella lo entendió.

"¿Y cómo afecta toda esta unión familiar a vuestra relación?" preguntó Rachel. "Si él está con sus hijos y nietos, tú pasas tiempo con Robert, y aquí vuelve Nancy pronto con tus nietos, ¿qué pasa contigo y el médico?".

"Bueno, tuvimos una pequeña charla y acordamos cancelar el crucero. No tenemos tiempo para un viaje en este momento. Y desde entonces, no lo he visto mucho", dijo Olivia, poniendo su vaso de nuevo en la mesa. Miró las caras de sus amigas con atención. "La verdad es que hace tres semanas que no lo veo. Y, cosa curiosa, no me importa. Todo está bien".

Nadie habló entre la mesa de amigos. Estaban un poco sorprendidos de que Olivia lo estuviera llevando tan bien.

"Sabes, cariño", dijo LuAnn, rompiendo el silencio y guiñando un ojo a Olivia, "creo que eso significa que tendrás más tiempo para nosotros. Así que, ¡puedes ayudarme a mudarme!"

Todas las chicas se rieron y alzaron sus copas.

"¡Salud a eso!"

"Entonces, ¿qué está pasando en la investigación del asesinato?" preguntó Tia a Rachel. "No han dicho mucho últimamente".

"Lo que me han dicho es que el cuchillo con el que Lola cortó a Marc está siendo analizado. Eso es normal. También el ablandador de carne que alguien usó para agredir a LuAnn. Y, no te vas a creer esto", dijo Rachel, "pero el diario que encontré en la unidad de Eneida tiene un contenido interesante. Implica a Marc".

"¿Cómo es eso?" Preguntó Olivia.

"Estaba acechando a Eneida". Rachel miró de una cara de sorpresa a la otra.

"¡Acoso!" Dijo LuAnn.

"Me temo que sí".

"¿Te dijo Eneida que Marc la estaba acosando? Ella no me lo dijo", dijo Tia.

"No, no sabía nada", dijo Rachel. "Lo primero que supe fue del detective".

"Siempre fue muy reservada", dijo Tia.

"¿No leyó nada de su diario antes de dárselo al detective France?" Preguntó Olivia.

"No, por supuesto que no. No quería que mis huellas estuvieran en él". Dijo Rachel, dando vueltas a sus cubitos de hielo con una pajita.

"Bueno, no me sorprende que la estuviera acosando", dijo LuAnn. "También me acosaba a mí".

"Sí, lo era", aceptó Rachel.

"¡Así que Marc lo hizo!" Dijo Tia.

"El detective France no quiso confirmarlo. No hasta que tengan los resultados de las pruebas del cuchillo y del ablandador de carne".

"Él lo hizo; lo dije todo el tiempo. Marc mató a Eneida". Tia levantó su vaso en el aire para enfatizar. "Es sólo cuestión de tiempo hasta que lo arresten".

"No vayas a decir eso a nadie. Mantén esa opinión entre nosotros, ¿de acuerdo?" Dijo Rachel.

"Por supuesto. Pero ese es el asesino", insistió Tia.

"Siempre he sospechado de ese extraño hombre que merodea con un sombrero y lleva un abrigo largo", dijo Olivia. "Nadie lleva un abrigo largo en Florida, ni siquiera durante los meses más fríos. Y un sombrero".

"¿Oyeron alguna vez quién era ese hombre? ¿Por qué andaba por aquí?" LuAnn preguntó.

"Nunca me han dicho nada sobre él", dijo Rachel.

"Creo que está relacionado con nuestra señorita Loretta", dijo Olivia. "¿Quién sabe quién puede venir a buscar a un antiguo detective? Probablemente sea un asesino a sueldo. Apuesto a que está con la mafia, o algún otro sindicato del crimen".

Rachel miró a Olivia. "¿De verdad? ¿Tienes que llegar a la conclusión de que ese hombre estaba con la mafia? Lo dudo mucho".

"Si no fue Marc, fue ese hombre extraño", dijo Tia. "Podría haber salido de la cárcel y venir a buscar a Loretta. Es muy posible".

"Siempre está Jorge", sugirió LuAnn. "Él podría ser el elegido".

"No voy a hablar de Jorge como posible sospechoso", dijo Rachel. "*No* es él. Es demasiado amable".

"Y tranquilo. Como dicen, hay que tener cuidado con los callados", dijo Olivia.

"Me da igual lo que digas, no puedo creer que ese buen hombre sea un asesino", insistió Rachel. "Tendremos que tener paciencia, como me dijo el detective, hasta que nos informen sobre quién mató a Eneida".

"Fue Marc", insistió Tia.

"Vale, ya está bien. Entonces, ¿todos me están ayudando a mudarme a mi nueva casa?" LuAnn intervino.

Cada uno de ellos hizo un rotundo acuerdo afirmativo.

"Será mejor que no me rompa una uña", dijo LuAnn.

Una semana más tarde, las chicas unieron sus fuerzas y trasladaron a LuAnn de su unidad de alquiler a su nuevo apartamento, recién pintado, justo al final del camino. LuAnn había encontrado un hogar permanente para ella y, además, grandes amigos. No podía ser más feliz.

TREINTA Y OCHO

EL DETECTIVE FRANCE entró en el despacho de Rachel, justo a la hora prevista.

"Buenos días, Rachel", dijo, asintiendo. "Tengo buenas noticias".

"Eso dijiste por teléfono. ¿Vas a decirme quién mató a Eneida?"

"Sí, y que he presentado cargos por el primer asesinato", dijo, sentándose en la silla.

Rachel estaba impaciente por saberlo. "Bueno, dime, ¿quién lo hizo?"

El detective respondió con una palabra: "Lola".

Rachel cayó de nuevo en su silla, silenciada por la sorpresa y con la mandíbula floja.

"Estaba delante de nuestras narices todo el tiempo. Y me llevaré una botella de agua, si no te importa", dijo.

Rachel buscó detrás de su silla la mini nevera y abrió la puerta.

"¿Cómo es posible? Es una mujer tan mansa y golpeada que fue maltratada por su marido de baja vida", dijo Rachel, entregando la botella al detective, tomando también una para ella.

"Al parecer, no era tan mansa como todo el mundo creía", dijo el detective France, desenroscando el tapón de la botella. "Ella tenía celos bombeando combustible en ella".

"¿Celos? Vale, entiendo esa parte, pero ¿cómo iba a estar celosa de Eneida?" Rachel parecía confundida.

"Cuando hablé con Marc, me dijo que Lola era una mujer muy celosa. Marc apenas podía mirar de reojo a una mujer, a cualquier mujer, al parecer", dijo, dando un trago a la botella. "Se enfurecía por nada, esperando a que volvieran a casa para poder gritarle".

"Y tirar cosas".

"Eso también. Marc dijo que ella le tiró cosas en un ataque de celos. Fue ella sola la que lanzó las cosas, no él", dijo el detective. "Dijo que ella incluso se acercó a él a escondidas mientras dormía para infligirle heridas. Algunos de sus moratones y cortes eran de sus ataques de terror nocturno contra él".

"¿Y a veces le devolvía los golpes para defenderse?"

"Probablemente, la mayor parte del tiempo. Excepto cuando ella atacaba mientras él dormía", dijo France.

"No entiendo los celos hacia Eneida en particular, unos celos tan grandes como para matar. Ella no era amiga de esa pareja, y no le gustaba Marc", dijo Rachel.

"Al hablar con Marc, descubrí que había más cosas de las que se sabían", respondió. "Marc admitió haber visitado a Eneida, sin invitación, en numerosas ocasiones. Eso también estaba documentado en el diario. Dijo que ella siempre era educada con él, pero que le empujaba de vuelta a la puerta después de sus conversaciones. Eneida le dejó claro que no estaba interesada en su atención".

"Nunca mencionó sus visitas a ninguna de sus amigas, incluida yo", dijo Rachel.

"Eneida posiblemente no se lo tomó demasiado en serio, sin embargo, sabía que él la acosaba", dijo el detective. "Dejó claro en el diario que sentía que él la miraba cuando caminaba por la pasarela, y eso la incomodaba. Marc no quería que esa información llegara a Lola. Seguro que le caería una bronca. Eneida también escribió que, durante sus visitas intermitentes, él siempre era bastante agradable, por lo que nunca se lo comentó a nadie. No creía que fuera a perjudicarla".

"Ella tenía razón en eso. Entonces, ¿Marc era el visitante que su hija mencionó?"

"Parece que sí".

"Pero Lola debía saber qué hacía visitas clandestinas", dijo.

"Marc dijo que de alguna manera sospechaba porque recibía más cortes y moretones después de cada visita". France cruzó las piernas antes de echarse hacia atrás en la silla.

"¡Qué tonto! Uno pensaría que aceptaría un no por respuesta y se comportaría", dijo.

"Según Marc, siempre ha tenido un espíritu inquieto. Yo diría que su supuesto espíritu inquieto era más bien un ojo constantemente errante. Lola tenía razones para estar celosa", dijo France.

"¿Cómo te has enterado de que Lola ha matado a Eneida?", preguntó dando sorbos de agua.

"Combinando las declaraciones de Marc y el contenido del diario con los resultados de las pruebas del cuchillo, quedó claro. El cuchillo que usó para apuñalar a Marc en su última pelea fue el mismo que usó para matar a Eneida. Tenemos pruebas de ADN. También pudimos relacionar el ablandador de carne con el asesinato de Eneida".

"¡No lo puedo creer!"

"Nunca encontramos el objeto utilizado para golpear a

Eneida antes de que fuera asesinada. Pero después de que los forenses analizaran el ablandador de carne utilizado para atacar a LuAnn, se encontraron pruebas que relacionaban ese objeto con el asesinato de Eneida", dijo, tomando varios tragos de agua. "Las huellas dactilares estaban manchadas en él, excepto la del pulgar", dijo.

"¿De Lola?"

"Sí, la huella coincidía perfectamente con la de Lola", dijo el detective. "Además, las finas astillas de madera encontradas en el cuerpo y la cabeza de Eneida coincidían perfectamente con el ablandador de carne. Así que fue un hallazgo importante y un error por parte de Lola".

"Bien, esta es mi pregunta: ¿Sabía Marc que Lola mató a Eneida?" preguntó Rachel, inclinándose hacia delante en su silla.

"No tengo ninguna prueba que apunte a eso. Marc dijo que sospechaba después de que encontráramos el cuerpo de Eneida, pero nunca le preguntó a Lola directamente si había sido ella. Básicamente, no quería saberlo", dijo el detective. "Si lo sabía y no decía nada, sería cómplice después del hecho y ambos irían a la cárcel. Así que nunca hizo la gran pregunta".

"Bueno, estoy aliviada", dijo Rachel. "¿Qué significa esto para Lola?"

"Irá a juicio por el asesinato uno de Eneida, el intento de asesinato de su marido, y por amenazar de muerte a LuAnn, además de atacarla con ese ablandador de carne".

"Vaya".

"Estoy seguro de que cumplirá una larga condena en prisión, suponiendo que el jurado la declare culpable", dijo. "Y estoy seguro de que el jurado llegará a la conclusión correcta".

"Otra tontería. ¿Quién comete un asesinato y decide guardar el cuchillo con el que lo cometió en el cajón de la cocina? ¿Para qué? ¿Para trinchar carne? ¡No es un proceso de pensamiento tan brillante! Los perros son más inteligentes que eso".

El detective sonrió ligeramente ante el último comentario. "Mi perro ciertamente lo es".

"Incluso el bobo Rufus es más brillante que eso. Estoy muy contenta, detective France", dijo Rachel con una sonrisa de satisfacción. "Un trabajo estupendo para unirlo todo".

"El caso de asesinato ya está cerrado, así que puedes estar tranquilo", dijo. "El culpable no fue un sicario de la mafia, un antiguo amante o cualquier otro suceso imaginario. Fue una mujer celosa".

"¡Espera a que se lo cuente a Joe!"

TREINTA Y NUEVE

A LA MAÑANA SIGUIENTE, Rachel envió una carta a todos los residentes informándoles de la conclusión del caso de asesinato. Sabía que esto haría que todo el mundo volviera a dar vueltas a la situación. Pero al menos no estarían conjurando esquemas de asesinos maníacos tratando de entrar en el edificio de apartamentos. Todo el mundo podría volver a su vida normal, fuera lo que fuera.

Mientras Rachel se dedicaba a otra tarea, un par de mujeres entraron en su despacho, cogidas del brazo.

"Buenos días, Rachel", dijo Loretta. Como siempre, estaba elegante, vestida con un traje pantalón negro con ribetes blancos en el cuello. Probablemente Rachel no la reconocería vestida de otra manera.

De pie junto a Loretta estaba Ruby, que aún mantenía la postura del brazo.

¿No cesarán nunca las maravillas?

"¡Señoras! Me alegro de verlas a las dos", dijo. "Y tan amistosas, debo añadir".

Las dos mujeres rieron suavemente.

"Pensamos que era hora de enterrar el hacha de guerra y ser amigos", dijo Ruby con una gran sonrisa en el rostro. "Sólo nos conocemos desde hace sesenta años, por llorar en la cerveza. ¿A qué estábamos esperando?" dijo Ruby, ocultando su descaro bajo un tapado de traje de baño blanco, que parecía haber adoptado últimamente cuando estaba en público.

Loretta también era toda alegría.

"Nuestros pasados están en el pasado", dijo Loretta. "No nos quedan décadas, así que ¿por qué no convertirnos en hermanas de una vez?"

Rachel se quedó sentada, sonriendo, mientras escuchaba atentamente a las mujeres. Esta noticia alegró su corazón.

"Las dos estamos solas y sin familia, así que decidimos convertirnos en familia la una de la otra", dijo Ruby, acariciando la mano de Loretta que descansaba en su codo.

"Bueno, señoras, estoy sorprendida, pero agradablemente", dijo Rachel. "Pensé que ustedes dos eran enemigas mortales o algo parecido. Estoy muy orgullosa de las dos".

Le dieron las gracias a Rachel al unísono.

"Entonces, ¿para esto habéis venido hoy, para decirme que os habéis besado y reconciliado?" Preguntó Rachel.

"Sí, y decirte que nos vamos de viaje juntos, así que tienes que saber que nuestras unidades estarán vacías durante un tiempo", dijo Loretta.

"No queremos que ningún loco asesino se pasee por nuestras unidades mientras estamos fuera", dijo Ruby.

"Ya no tenéis que preocuparos por eso", les aconsejó Rachel. "Nunca hubo un asesino loco rondando por ahí. La persona que mató a Eneida no fue otra que Lola. Me enteré ayer a última hora".

Las mujeres dejaron caer los brazos a los lados, sorprendidas, y miraron a Rachel con rostros de asombro.

"¡Lola!", dijeron al unísono.

"Sí, señoras, era Lola".

Loretta y Ruby se miraron entre sí y luego volvieron a mirar a Rachel.

"¿Cómo? ¿Por qué?" Ruby preguntó

"Básicamente, Lola era una mujer muy celosa, y Marc tenía un ojo errante", respondió Rachel. "Visitó a Eneida, pero ella rechazó su atención. Desgraciadamente, Lola sabía que Marc había visitado a Eneida, así que mató a la que veía como competencia. Fin de la historia".

"Lola. ¿Estás seguro de que no estás usando incorrectamente su nombre y realmente te refieres a otra persona?" preguntó Loretta.

"Sé lo que estás pensando". Rachel sonrió. "Pero realmente era Lola. Al parecer, tenía un carácter malvado y celoso. Y sus celos alimentaron una furia asesina. Así que golpeó a Eneida con un ablandador de carne y luego la acuchilló".

Loretta y Ruby volvieron a quedarse en silencio, mirando a Rachel.

"Lo seré", dijo finalmente Loretta.

"Yo también", dijo Ruby. "¿Pero por qué usar un ablandador de carne? ¿No era suficiente el cuchillo?"

"Probablemente Lola quería someterla para poder matarla fácilmente. Después de ser golpeada, dudo que a Eneida le quedaran fuerzas para luchar contra Lola".

"Eso tiene sentido", dijo Ruby.

"Ahora ustedes, señoras, pueden irse de viaje y no tener que preocuparse de que un maníaco cualquiera irrumpa en su unidad mientras están fuera de la ciudad. ¿De acuerdo? ¿Te sientes mejor ahora?"

Loretta comenzó a sonreír. "En realidad, sí, realmente lo hago".

"Yo también", dijo Ruby.

"Entonces, ¿a dónde viajan ustedes, señoras?" preguntó Rachel.

Ruby habló primero con entusiasmo. "¡Bueno, tenemos todo el viaje planeado! Primero, volamos a California. Vamos a ver algunos lugares de interés en Hollywood".

"El Teatro Chino de Grauman, donde todas las estrellas de cine tienen las huellas de sus manos", interrumpió Loretta.

"Luego tomaremos un crucero hacia Hawai, donde nos alojaremos durante una semana en Honolulu en un hotel de lujo", continuó Ruby.

"Planeamos comer hasta la saciedad en el crucero", dijo Loretta. "Tenemos entradas para algunos espectáculos una vez que estemos en Honolulu, y recorreremos todo lo que tenga importancia mientras estemos allí".

"¡Vaya, señoras, eso sí que suena estupendo!" Dijo Rachel. "Parece el viaje de su vida".

"Suponemos que no vamos a ser más jóvenes, así que vamos a gastar la pasta", dijo Ruby, sonriendo ampliamente y empujando uno de sus huesudos codos hacia Loretta.

"Me parece una gran idea, señoras", dijo Rachel. "Y mantendré todo a salvo aquí para su regreso".

"Muchas gracias por todo lo que haces, querida", dijo Loretta. "Confío en que las cosas vayan bien en tu vida".

"Sí, mucho. Todo está bien entre Joe y yo y en todos los demás departamentos también".

"Te he notado en la iglesia regularmente los domingos", dijo Loretta. "Así que supuse que se había producido un cambio en tu vida".

"Sí. Nuestra charla me ayudó mucho", dijo. "Después descubrí que tengo diabetes, pero ahora está controlada".

"Me alegro de oírlo, querida". Loretta parecía muy contenta. "Nos veremos cuando volvamos. Y hablaremos más entonces".

"Adiós, Rachel", dijo Ruby. "Nos vamos el miércoles, así que no nos verás hasta dentro de un par de semanas".

"Lo anotaré en mi calendario", dijo Rachel, cogiendo su lápiz. "Ustedes, señoras, pórtense bien durante su viaje".

"Ja, ja, seguro que no lo haremos", dijo Ruby, riendo y tirando de Loretta hacia la puerta.

"Nos vemos en unas semanas, querida", dijo Loretta por encima del hombro.

"Adiós, señoras".

"Estoy muy contenta con la vida, Joe. Al menos en este momento", dijo Rachel mientras se reclinaba en la cama, con la cabeza apoyada en una almohada detrás de ella.

"Yo también", dijo Joe. Estaba tumbado a su lado en la cama. Aunque la televisión estaba encendida, no le prestaban mucha atención.

"El condominio ha recuperado su ritmo normal, el asesinato se ha resuelto y mi vida personal ya no es un drama", dijo Rachel, cruzando las manos sobre su estómago en señal de satisfacción.

"¡Has recorrido un largo camino, nena!" bromeó Joe. "Tener el azúcar en la sangre bajo control, asistir a la iglesia con regularidad, leer la Biblia, asistir a estudios bíblicos... coloréame impresionado".

"Hubo algunos días difíciles, Joe. Tú lo sabes. No fue un descenso por la montaña. Fue más bien una caminata *por la* montaña para conseguir que mi nivel de azúcar en sangre se comportara", dijo, ajustando la correa de su camisón azul favorito. "Pero superé esos días difíciles en los que me sentía mal. Y esas tontas barritas de chocolate. Creía que iba a morir si no me comía una. Pero no lo hice. Resistí las ganas".

Joe la miró con aprobación. "Buen trabajo".

"Fuiste muy útil, querida".

"Yo no hice nada; tú lo hiciste todo".

"Con la ayuda de Dios. Él me dio la fuerza para resistir la tentación, ese impulso, como Rufus royendo su hueso. Implacable, incesante roer, desgastando los cimientos. Me esfuerzo por comer bien".

"Y tú eres perseverante".

"Sí. Cuando ese impulso abrumador me golpea, digo, Dios ayúdame a ser fuerte. Y Él lo hace".

"Amén".

Rachel se puso de lado para poder mirar completamente a Joe.

"Soy la mujer más afortunada de Florida", dijo mientras sonreía. "Te tengo a ti, el mejor y más considerado marido. El hombre más comprensivo y tolerante..."

"Vaya, eso es ponerse un poco pesado", interrumpió mientras se giraba hacia el centro de la cama para mirar a su mujer. "No olvidemos la mujer tan fuerte que eres. Fiel, amable, cariñosa, un poco mocosa sarcástica a veces..."

El puño de Rachel estalló, dándole un puñetazo juguetón en la tripa de un solo movimiento. Empezaron a reírse, lo que llamó la atención de Rufus. Estaba tranquilamente tumbado en el suelo, pero cuando empezaron las peleas, entró en acción. Con un salto de su gran forma, Rufus aterrizó entre la pareja, sus patas delanteras consiguieron apoyarse en cada cuerpo.

"¡O-o-o-o, Rufus!" Rachel gritó.

"¡Oops! ¡Brutal!" gritó Joe.

Por supuesto, Rufus pensó que estaban jugando mientras intentaban quitarse su peso de encima. Golpeó a cada uno de ellos con sus patas mientras seguía alborotando, rebotando en la cama, golpeando con sus patas dondequiera que cayeran. Joe y Rachel se reían, lo que sólo incitaba al gran perro a ser más revoltoso.

Mientras tanto, Benny vigilaba el alboroto desde su posición en la cómoda. De repente, la cama se derrumbó estrepitosamente sobre el suelo. El gato aulló consternado y saltó de la cómoda. Rufus vio al gato que huía y se lanzó en su persecución, arrancando la mitad de las mantas de la cama y arrastrándolas tras él. Rachel y Joe se quedaron mirándose con incredulidad.

"¡La cama!" Rachel gritó.

"¡Lo sé!"

"¿Qué pensarán los vecinos?"

"No es la primera vez que ocurre, y no será la última".

Joe miró a su mujer desparramada en la cama desigual, con la mitad de las sábanas perdidas y el resto cayendo al suelo.

Y se rieron.

Querido lector,

Esperamos que hayas disfrutado leyendo *El Asesinato*. Tómese un momento para dejar una reseña, incluso si es breve. Tu opinión es importante para nosotros.

Atentamente,

Janie Owens y el equipo de Next Chapter

El Asesinato
ISBN: 978-4-82410-190-7

Publicado por
Next Chapter
1-60-20 Minami-Otsuka
170-0005 Toshima-Ku, Tokyo
+818035793528

28 Agosto 2021

www.ingramcontent.com/pod-product-compliance
Lightning Source LLC
LaVergne TN
LVHW101917220826
846093LV00009B/279